お隣の天使様にいつの間にか駄目人間にされていた件 Vol 2

佐伯さん

イラスト　はねこと

椎名真昼
白河千歳

藤宮周
赤澤樹

くぅ、くぅ、と何とも可愛らしい
寝息を立てている真昼を、
しゃがみこんで眺める。
(……無防備すぎて困る)

目次

藤宮周

進学して一人暮らしを始めた高校生。
家事全般が苦手で自堕落な生活を送る。
自己評価が低く卑下しがちだが心根は優しい性格。

椎名真昼

周のマンションの隣人。
学校一の美少女で、天使様と呼ばれている。
周の生活を見かねて食事の世話をするようになる。

お隣の天使様にいつの間にか
駄目人間にされていた件2

佐伯さん

GA文庫

カバー・口絵・本文イラスト
はねこと

第1話　天使様と過ごす年末

クリスマスを過ぎれば、世の中は年末ムード一色になる。

真昼《まひる》と共にクリスマスを過ごして一人ぼっちを回避した翌日、周《あまね》は一人で買い出しに出かけていた。といっても、既に買い出しは終えて周囲の景色が様変わりしている様子を眺めながら帰宅しているのだが。

夜景のためのイルミネーションこそ残されているが、あれだけ飾られていたクリスマスツリーは既に撤去され、目に鮮やかな飾りつけは和のものに変わっている。

店で売り出しているものも全面的にお正月の飾りや食材になり、もう聖夜の面影は残っていなかった。名残《なごり》なんて、精々クリスマスに売れ残った商品を値下げし、在庫一掃セールと銘打って並べられている事くらいだろう。

変わり身が早いものだな、とすっかり年越し準備に入りつつある周囲を眺めながら、周はマフラーに顔を埋《うず》めて暖をとる。

モノトーンの千鳥《ちどり》柄のマフラーは、真昼にクリスマスプレゼントとしてもらったものだ。

なんでも首元のおしゃれも大切です、との事で、非常に手触りがよくしっかりと風を遮《さえぎ》って熱を溜《た》めてくれる実用性と装飾性を兼ね備えた一品をいただいた。

普段マフラーなんてしなかったのでありがたく使わせてもらいつつ、腕に提《さ》げた買い物袋の中身を確認する。

基本的に買い出しは分担という事だが、料理を作る真昼の負担を減らすために基本は周がメモを携《たずさ》えて買い揃《そろ》えている。

今日は寒いので鍋にするらしく、野菜やらきのこやら肉やらが袋に詰まっていた。野菜多めなのは、バランスよく栄養をとりなさいという真昼の無言の主張だろう。

こういう所に真昼のおかん気質がにじみ出ているんだろうな、と本人が居ないのをいい事にひっそりと笑う。

足りないものはないな、と改めて確認し、やはり厳しくなりつつある寒さに身を震わせつつ足早に帰宅した。

「お帰りなさい」

家に帰れば、夕方だったために真昼が出迎えてくれた。

赤の他人が家主を迎え入れるというちょっとおかしな事態ではあるが、最近は慣れつつあった。

「ん、ただいま。……薄切りの餅《もち》買ってきちまったけどいいか？」

「鍋でしゃぶしゃぶしたいのですね」

「おう。あと〆《しめ》にラーメン買ってきた」

「……私、そんなに食べられませんよ？」

「俺《おれ》が大半食うから関係ないな」

前はそう食べるタイプではなかったのだが、真昼の料理のお陰《かげ》で晩ご飯は割と食べるようになった。

彼女もカロリーに気を付けているのか食事は太らない程度のものであるが、彼女より量を食べる身としては微妙に心配なので筋トレし始めている。

真昼としては、周は細いからもう少し肉をつけるべきでは？　といった感想らしいので、なるべく脂肪ではなく筋肉をつけたいところだった。

「まあ、周くんが食べてくれるならいいですけど。それ、貸してください。冷蔵庫に入れてきますから。周くんは手洗いうがい」

「分かってますよっと」

真昼に荷物の入ったレジ袋を渡して、周は素直に洗面所に向かった。

「そういえば真昼は正月どうするんだ」

本日も相変わらず非常に美味な晩ご飯を平らげ後片付けをした所で、ふと気になった事を真昼に聞いてみる。

「正月……帰っても無駄ですしここに居ますよ」

あまりに淡々とした口調で返されて自分の失敗を悟ったものの、真昼はさして気にした様子もなさそうだ。

親との折り合いがよくないために、どうしても家族関係の話題に対してそっけない態度になっているのだろう。

ただ、そうなると真昼は一人で正月を過ごす事にならないだろうか。

周は基本的に半年に一度は顔を出す事、という約束があるため、真昼と出会う前は長期休暇は実家に帰るつもりでいたのだが。

「周くんは実家に帰るのですよね」

「そうだな、一応顔を見せろとは言われてるんだが」

ちら、と真昼を見ると、いつもの表情より心なしかひんやりとした眼差《まなざ》しの真昼が居る。

一人で過ごす事を当たり前だと思っているらしく、別に周が帰省する事を疑っていない。

「……帰ったらお前の事をしつこく聞かれそうでなあ」

「大変ですね」

「父さんは軽く話す程度で済ませるだろうけど、母さんは多分話聞きたがるからな」

「しょっちゅうやり取りしてるのに不思議ですね」

「ほんとお前いつの間にか母さんと馴染《なじ》んでるよな……」

何故《なぜ》母親といつの間にか仲良くなられた挙げ句知らない間に写真やら裏話が流出しているのか……とちょっと虚《むな》しくなるのだが、真昼もこの調子だと割と好きで相手しているようで、それならまあいいかという気持ちにもなる。

志保子《しほこ》にはまた余計な事を言うなよ、と釘《くぎ》を刺しておくとして、どうしたものかと真昼を見る。

時折見せる虚《うつ》ろな表情や、寂《さび》しげな眼差《まなざ》しを思い出すと、どうしても……一人にしたくない。

「まあ、この間母さんとは会ったし、父さんには悪いけど今回は帰省しなくてもいいかなと。どうせ春休みに帰るし」

だから、彼女が迷惑でないのなら、いつも通りに夕食を共に出来れば、と思うのだ。

「……そうですか」

「ん。お前の年越し蕎麦《そば》食べたいし」

「食い意地はってますねえ」

「真昼の料理だからなあ」

「……ほぼ市販品なのに？」

「それでもだな」

たとえそばが市販のものを茹《ゆ》でただけでも、いいのだ。

二人でゆっくりと食べて時を過ごす、という事の方が重要なのだから。

「……変な人ですね」

「うっせ」

失礼な感想を述べてきた真昼にわざとらしく不機嫌《ふきげん》そうに返してみれば、小さな微笑《ほほえ》みが返ってきた。

「……ありがとうございます」

「何がだよ」

「何でも、です」

真昼はそれ以上は何も言わず、幾分機嫌がよくなったのか明るい表情を浮かべて、お気に入りのクッションを抱き締めた。


そしてきたる十二月三十一日、大晦日《おおみそか》。

一年の最後の一日であり、年の締めくくりの日である。

基本的には来年に向けての準備や大掃除をして慌ただしく過ごす一日なのだが――。

「あの、真昼さんや」

「なんですか?」

「……俺何もしなくて良いのか?」

リビングのソファにゆったりと座った周は、エプロン装着で朝からキッチンに立っている真昼の背を眺めていた。

真昼が朝から来ているのは、おせち作りのためである。

二人で年越しをすると決めたので、当然おせちも二人前要る。

てっきり市販のおせちを買うのかと思いきや、なんと手作りするらしい。主婦でも大変な作業を華の女子高生が一人でこなすのだから驚きだ。

すごいなと感心しきりなのだが、真昼いわく、

「そもそもそういうのって事前予約要るから無理です」

との事。

そう言われると確かにと納得してしまったのだが、それでもわざわざおせちを作ろうとしている真昼には脱帽である。

もちろん手を抜けるところは手を抜くらしく、黒豆は煮るのに時間がかかるしコンロひとつ使えなくなる、との事で市販品を買ってきていた。

「周くん、なにもしなくていいのとか不安そうにしてますけど、お手伝い出来るので？」

「出来ません」

「でしょうね。邪魔されるよりは大人しくしていてもらった方が楽です」

実にシビアな観点の真昼に諭《さと》されて大人しくソファに座っているものの、やはりというかなにもしないというのは落ち着かない。

周とて、仕事を全くしなかった、という事はなかった。

大掃除は昨日終わらせているし、しばらく出掛けなくてもいいようにとおせちの材料を含めた大量の食材の買い出しをしてきた。

完全になにもしなかった、という訳ではないのだが、今の真昼に比べたら労力はかかっていないだろう。

「昨日は家具家電動かしてしっかり掃除しましたしお疲れでしょうから、ゆっくりしていてください」

力仕事を担当した周を気遣うような言葉を向けた真昼は、相変わらずこちらには振り返らず調理を続けている。

ちなみに真昼は自宅の大掃除は既に終わらせていたらしい。そもそも定期的に掃除をしっかりとしていたらしく、そう手間もかからなかったそうだ。

これが日頃《ひごろ》からきっちりしている人間とそうでない人間の違いか……と今更ながらに格差を思い知らされた。

「いやー、それでもなんというか……悪いなあ、と」

「別に料理好きですから苦ではありませんよ」

「それでもさあ」

「いいんですよ、楽しいですから」

なんて事のないように告げて作業に集中し出した真昼に、周はどうしたものかと頭を抱えた。

「真昼、昼ご飯買ってきたぞ」

流石《さすが》におせちで手一杯の彼女に昼ご飯を用意させるのも酷なので、コンビニに行って適当なご飯を買ってきた。元々さほど量は食べない真昼なので、サンドイッチ一袋で問題ないだろう。

そろそろ休憩に入ろうとしていたらしい真昼もエプロンを一旦《いったん》脱いでいたので、タイミング的にもちょうどよかったようだ。

「わざわざありがとうございます。そこまで手が回ってなくて申し訳ないですね」

「いやもうおせち作ってもらってる時点で圧倒的にこっちの方が申し訳ないっつーか……ほら、食べようか」

休憩も兼ねての昼食であり、真昼は素直にリビングに戻ってきた。

「サンドイッチとカフェオレでよかったか？」

「ええ、ありがとうございます」

周から渡されたご飯に小さく頭を下げて受け取り、周の隣に腰かける。

「ちなみにどんくらい出来た？」

「ある程度は既製品で賄《まかな》ってますし、品目も抑えてますからほとんど終わってますよ。あとは冷まして詰めるのを待つものが多いです。周くんは伊達巻《だてまき》好きそうですからそちらは手作りしましたよ」

「なぜ分かった」

「卵料理好きでしょうに。伊達巻も例外じゃないと思って」

わざわざオーブンで焼いてくれていたようだ。オーブンの稼働音がしたので何を作っているのかと思えば、伊達巻だったらしい。

「ほんのりと甘い感じがお好きですよね？」

「よく分かってらっしゃる」

「流石に数ヵ月もすれば好みくらい覚えます」

なんとも嬉《うれ》しい事を言ってくれた真昼は、ハムレタスサンドを口にする。

周も買ってきたおにぎりをかじりながらキッチンの方を見れば、目につくところに真昼が持参した小さめの重箱が置かれている。

あの重箱に詰めるのだろう。

まさか一人暮らしの身で重箱が出てくるとは思っておらず、漆《うるし》塗りに金箔《きんぱく》のあしらわれた高級そうな重箱が出てきた時はちょっとびびった。

「ほんと、ありがたい限りっつーか。……なんつーか、一人暮らし始めた時には想像出来ないぐらいに、今年の後半は充実した食生活だったなあ」

「私としてはあなたが今までよく生きてこられたなと思ってますよ」

「ひでえ。案外コンビニとか市販品でなんとかなるんだぞ？」

「健康的ではありませんね。まったくもう」

呆《あき》れたようにため息をついている真昼だが、表情は仕方ないなと言わんばかりの苦笑混じりのもので、すこしどきりとしてしまう。

「私が居るからには、不健康な食生活は許しませんよ？」

「おかんか」

「周くんが不摂生《ふせっせい》だったのが悪いのです。来年はもっとしっかりとした食生活をしてもらいますからね」

微妙に気合いの入った真昼の姿を見て、来年も一緒にいるつもりで一杯なんだな、と思うと妙に気恥ずかしさを覚えて、目を逸らす。

ただ、その態度を怠惰《たいだ》に過ごしたいという意味だと見なした真昼が少し不服そうに周を見たので、周は違うと言い訳するのに少し時間を費やす羽目になったのだった。


日が暮れる頃にはすべての品を作り終えて重箱に詰めた真昼は、今度は年越し蕎麦の支度《したく》を始めていた。

といっても、蕎麦は茹でる手前まで作ってあるものを購入しただけだし、麺《めん》を茹でて具材を用意するだけなのだが。

かまぼこはおせちのものが余っているので、ちょうどいいだろう。ほうれん草はゆがくだけだしネギは刻むだけ。

一番手間がかかるのはえびの天ぷらなのだが、真昼は面倒であろう揚げ物を嫌な顔一つせずに揚げている。

「あとついでにかぼちゃ余ってたのでかぼちゃも天ぷらにしておきますね」

「おー……豪華な年越し蕎麦だ」

「たまにはこういうのもいいでしょう」

そう言った真昼によって完成した年越し蕎麦は、実家で食べるものよりやはり贅沢《ぜいたく》なものとなっている。

大きな海老の天ぷらは一人二尾分用意されているし、おまけのかぼちゃの天ぷらもサックリとした仕上がり。ほうれん草とネギはたっぷり、かまぼこは扇形に飾り切りされていた。

ちなみに真昼は天ぷらは後載せサクサクスタイルらしく、周の分も直接蕎麦には載せずに皿に分けられていて、ささやかな気遣いがありがたかった。

「おー」

「どうぞ召し上がってくださいな」

周はそれだけでは足りないだろうという事で、おせちの余りも小皿に盛られて出される。

真昼が席についたのを見てから互いに手を合わせていただきますと食物に感謝してから、蕎麦に手をつけた。

市販品ですよ、とは言っていたものの、お高めの蕎麦を買ってきたのか噛《か》むと蕎麦の香りが広がる。

つゆも濃すぎず薄すぎず、ほっと一息つけるような塩梅《あんばい》に仕上がっている。お腹《なか》の奥から温まる、寒い日にはぴったりな味だ。

「はー……これぞ年末って感じだ……」

つゆを飲んでほぅ……と息を吐き、しみじみと呟《つぶや》く。

テレビを見ながらゆったりと蕎麦を食べて新年を待つ、というのはやはりよいものだった。

実家でも毎年年越し蕎麦を食べ年末特番を見て年一の歌番組を見て年越しするのが恒例だったので、今年も同じ過ごし方が出来たのがありがたい。

側《そば》に居るのは、家族ではなく甲斐甲斐《かいがい》しい他人の少女であるが。

「年越し蕎麦を食べると一気に年が終わるって実感が湧《わ》きますよね」

「ほんとな。……今年は色々あったなあ」

といっても、色々のほとんどを占めているのが真昼との交流である。

一人暮らしを始めた時はこんな美少女がご飯を作ってくれるなんて、一ミリも思っていなかった。

「周くん一人暮らし始めた年ですからねえ、そりゃあ大変だったでしょう」

「お前はめちゃくちゃ慣れてるよな」

「まあ、一通りなんでもこなせますからね。何も出来ないのに一人暮らしをしようとする周くんがダメダメなのですよ？」

「ぐっ。……そうだけどさあ」

「ほんと、仕方のない人ですよね、まったく」

呆れたというよりは微笑ましそうに窘《たしな》めた真昼の表情は、柔らかい。

周の世話を焼く事を苦に思っていないらしく、あくまで穏やかな表情だ。

「……今年は本当に世話になった」

クリスマスにも言ったお礼を改めて伝えると、真昼は「まったくです」と小さく笑った。

全肯定はほんのりと胸に刺さるものがあったが、真昼は嫌そうでないのが救いだろう。

「……来年もよろしく頼む」

「分かってますよ。周くんは私が居ないと不摂生自堕落《じだらく》生活にまっしぐらですので」

「否定出来ない」

「……分かってるなら気を付けるのですよ？」

「来年の抱負にするわ」

おそらく心がけても真昼にせっせと世話を焼かれて決意も溶かされてしまいそうな気がするが、本人には言わず心の中に押し留《とど》めておく。

もちろん身の回りの整理整頓やらなんやらはするが――彼女のご飯に頼るのは、間違いないだろう。

すっかり虜《とりこ》にされている、と自覚しているものの、もうどうしようもなかった。

改善すると真昼に宣言してみても笑われたので、ムッと表情を固くしたのだが、真昼は楽しそうに小さな笑みを浮かべるだけだった。


「そろそろ年明けますね」

「そうだな」

年越し蕎麦を食べ終えてソファで歌番組を眺めていれば、あっという間に時は過ぎて日付変更直前まで来ていた。

テレビを必要以上に見ないのか、あまり今時の歌に詳しくないらしい真昼が静かに、そして楽しそうに歌番組を見ているのを眺めていたら、思ったよりも早く時間が過ぎていたのだ。

中継で除夜の鐘をついている風景に画面が変わっていて、改めて年が変わるのを実感する。

隣に腰かけた真昼は、瞳《ひとみ》を伏せながら静かに除夜《じょや》の鐘《かね》の音を聞いている。

そうこうしている内に百七回目の鐘の音が聞こえて——。

「明けましておめでとうございます」

日付が変わった瞬間、こちらを見てきっちりと背筋を伸ばしてから腰を折った真昼に、つられて周も姿勢をただして同じように新年の挨拶《あいさつ》をする。

「明けましておめでとう。……なんか変な気分だな、二人で年越しって」

「ふふ、そうですね。……今年もよろしくお願いしますね」

「こちらこそ……というかむしろこっちがお願いする立場というか」

「それは否定出来ませんね」

くすりと笑った真昼に苦笑した所で、周は膝《ひざ》の上で震えるスマホに気付く。

どうやら樹《いつき》や千歳《ちとせ》達から新年の挨拶が来ているらしく、アプリのアイコンに幾つか数字がついていた。

それは真昼も同様で、彼女のスマホも震えている。といっても、まだ知り合ったばかりの千歳にはＩＤを教えていないらしいので、周の知らない友人だろう。

最近はメッセージを送るだけで新年の挨拶が出来るのだから、楽になったものである。

「少し返信しますね」

「俺もしとくわ」

おそらく真昼はたくさん挨拶が来ているだろう。何となくだが、男子には連絡先を教えていない気もするが。

慣れた手つきでフリック操作で返事を打ち込んでいく真昼の手際に「こういうところは女子高生だよなあ」と感心しながら自分も樹や千歳に返信を送っておく。

メッセージには普通に『明けましておめでとう』の他『椎名さんと仲良く年越ししたか？』

と要らない詮索《せんさく》が入っていたりするので、図星ではあるものの否定のメッセージを送った。

すぐに樹から『またまたぁ』とからかうような返信がきたので、しばらく茶化《ちゃか》されたり否定したりを繰り返して会話を楽しんでいたのだが……ぽす、と二の腕に、重みがかかった。

それから、甘い匂《にお》いがふんわりと香る。

突然の接触に思わずびくりと体を揺らし、まさかと恐る恐る横を見てみれば……瞳を閉じた真昼がこちらに寄りかかっているではないか。

(——待て待て待て)

声には出さなかったが、周は相当うろたえていた。

うたたねは以前にもあったのだが、まさか、隣で、それも寄りかかって寝るなんて、誰《だれ》が

想像するだろうか。

なぜ真昼が寝てしまったのか、というのは考えずとも分かる。

現在の時刻は深夜零時半過ぎ。

規則正しい生活を送っているらしい真昼が夜更かしなどあまりする筈《はず》もないし、そもそも

今日一日おせち作りに奔走《ほんそう》して、表には出していなかったが疲弊していたのだろう。

睡魔に抗《あらが》うほどの体力がなかったに違いない。

理由は、分かる。

分かるが、よりによってこのタイミングで寝落ちするとは。

周に寄りかかって寝ている真昼は、周の混乱や狼狽《ろうばい》など知らないと言わんばかりの実に安らかな寝顔を見せていた。

長い睫毛《まつげ》や整った鼻梁《びりょう》も桜色の唇も、無防備にさらされている。

寝顔は初めて見る訳ではないのだが、こんなにも至近距離で見る事なんてなく、体を強張《こわば》らせた。

「真昼、起きろ」

遠慮がちに声をかけても、反応はない。

余程疲れていたのか睡魔に飲まれて深い眠りの海に落ちているらしく、声をかけても肩を動かして少し揺らしても覚醒《かくせい》の気配はなかった。

軽く肩を叩《たた》いても触れた体を揺らしても、起きてくれない。

そんな事をしていたらもたれている部分がずれて前のめりになり始めたので、周は慌てて真昼を受け止めて引き寄せた……のはよいものの、図らずも抱き寄せたような体勢になってしまって、更に慌てる事になった。

（……すげえいい匂いする）

真昼は食事後一度帰宅して入浴やら何やらを済ませてきたというのもあるが、洗髪料のフローラルな香りに加えて本人の匂いなのかほんのりと甘い匂いがして、とてつもなく居心地が悪い。

おまけに、何か柔らかいものが当たっている気がしなくもないので、気が気ではなかった。起こそうにも、あまりに熟睡しているので、起こすのは忍びないし、そもそも叩き起こすレベルでないと起きない気すらしている。

(どうしたらいいいんだ)

新年早々にこんなハプニングが訪れて、周は頭を抱えた。

とんでもない事態に直面している周は、それはもう表情を強張らせて腕の中に居る真昼を見る。

本当に熟睡している。

周は安心出来る人間だ、と思われているのか、まったく警戒せずに寝入っている彼女に、周はもどかしさやら恥ずかしさやら理性の緩《ゆる》み加減的に頭を壁にぶつけたくて仕方なかった。

意識したくないのに、否応なしに彼女の感触に集中してしまう。

ほっそりした体は引き締まっているのに柔らかさは残していて、どこもかしこも女性らしい柔らかさがある。

特に、触れ合った胴体からは見た目よりも質量のあるそれを感じてしまい、周の理性をガリゴリと遠慮なく削りにかかっていた。

(――どうすればいいんだ)

あまりに想定外の事態な上、今まで味わう事のなかった柔らかさを押し付けられて、周はひどく混乱していた。

女の子ってこんなにふにふにと柔らかくていい匂いなんだ……と初めて知った事実に妙な感慨を覚えて、すぐに不埒《ふらち》な事を考えてはならないと理性が締め付ける。

考えてはならないと思うほど、腕の中の柔らかさを意識してしまって頭がぐちゃぐちゃになった。

それでも何とかどうにかしようと思考を巡らせてみるものの、この事態を何事もなく丸く収める、というのは無理な気がした。

一応、対応策として考えられるのは、三つほどだ。

一．真昼を無理矢理起こす
二．真昼の家に戻す
三．周のベッドに寝かせて自分はソファで寝る
一番は、こんなに疲れて熟睡している真昼を叩き起こしてしまうのは憚《はばか》られる。疲れさせたのは自分なので、出来れば寝かせてあげたい。

二番は、パッと見一番無難かもしれないが、真昼の服を探って鍵《かぎ》を取り出して女性の部屋に無断で入り込む、という大きなハードルがある。それは流石に真昼も後から知れば嫌がるかもしれない。

なら三番のベッドに寝かせるという選択肢が無難で実行しやすい、のだが……それはそれで

精神的に死ぬ自信があった。

いくら普段側に居るとはいえ、誰もが見惚《みほ》れそうなあどけなく愛らしい寝顔を見せて寝ている真昼を自分のベッドで寝かせるなんて、理性やら何やらが崩壊しそうだ。

女の子が自分のベッドで寝るなんてシチュエーション、男子的には堪《たま》らないものであるのに、それに加えて相手が甲斐甲斐しい美少女。

色々と思うところがあるのは仕方ない。

しかし、これが一番無難であり、周に出来る精一杯の労《いたわ》りと妥協である。

覚悟を決めて、自分にもたれている真昼の背中と膝裏にそーっと手を回して、ゆっくりと持ち上げる。

寝ているという事もあり羽のように軽い、とはとても言えないが、それでもやはり真昼は軽かった。

そう簡単には起きそうにないが、一応なるべく揺らさないようにして周の部屋に丁寧に運ぶ。横抱きにしているので滅茶苦茶《めちゃくちゃ》ドアを開けにくかったのだが、そこを乗り越えてしまえばあとはベッドに寝かせるだけだった。

華奢《きゃしゃ》な体がベッドに沈み込む。

その上に毛布と布団《ふとん》をかけてやれば、おやすみ体勢が出来上がっていた。

起きる気配は感じられず、一定の寝息だけが聞こえてくる。

幼さを残した端整な美貌《びぼう》は、相変わらず美しくありながらあどけない寝顔として周の心臓を跳ねさせている。

丁重にベッドに寝かせたところで、周はベッドの側にしゃがみこんだ。

（……きっつい）

何がって、自分のベッドに寝ているというシチュエーションも、柔らかな感触も、この無防備で可愛《かわい》らしい寝顔も、男の家で寝るという信頼によって成り立った無警戒さも、何もかも。

もちろんかなり信頼されているのは嬉しいが、男としてまったく意識されていないような気がしてならない。

おそらく、彼女の中で周は『だめだめで世話のやける安心安全無害な男の子』という認識なのだろう。

ちらり、と彼女を見れば、周の葛藤なんてつゆ知らず、実に穏やかな寝顔を見せている。

（人の気も知らないで）

あんまりに無防備なので、このまま一緒に潜り込んでやろうか……と一瞬考えたものの、交際関係でもないのに一緒に寝るというのは流石に駄目だろうと浮かんだ考えを却下する。

やってしまうと、真昼は起きた瞬間口を利《き》いてくれなそうな気がする。何考えてるのですか、と冷ややかな眼差しで見られそうなので、実行には移さない方が身のためだろう。

代わりに、少しくらい触れてもバチは当たらないだろう、と真昼の頭に手を伸ばす。

さらさら、すべすべ、つやつや、そんな言葉が似合いそうなキューティクルばっちりの長い髪は、指先を滑り込ませれば引っかかる事なく通してくれる。

これも丹念に手入れしてるんだろうなあ、と女性の努力に感心やら戦慄《せんりつ》やらしつつ、ゆっくりと指先を真昼の頰《ほお》に滑らせた。

瑞々《みずみず》しくなめらかな白磁の肌は、あまり体温が高くないのか、周の手と比べればややひんやりとしている。

指先でそっと撫《な》でて、それからどこまでも安らかな寝顔を浮かべている真昼に、そっと苦笑を浮かべた。

「おやすみ」

明日……正しくは今日の朝起きたらさぞ驚くんだろうな、と思ったが、こんなにこっちをやきもきさせたのだからそれくらいは許容範囲だろう。

仕方のないやつめ、とそっと苦笑して、周はもう一度真昼の柔らかな頰を優しく撫でた。

第2話　無防備な天使様とお正月

朝周《あまね》が起きても、生活音はしなかった。

外から鳥の鳴き声が聞こえてくる程度で、周の部屋で寝ている真昼《まひる》に起きた気配はない。

時刻的にはもう日の出の時間を過ぎているのだが、余程昨日疲れたのか、熟睡しているのであろう。

ちなみに周はというと、一応寝はしたものの自分のベッドに真昼が居るとか考えていたら中々寝付けず、結局眠りが浅いままで今の時刻に起きてしまったのだ。

別に体調的に辛《つら》い訳ではないのでいいのだが、別の意味で辛い。

女の子を泊めた上に自分のベッドで寝かせるなんて初めての経験で、動揺しない訳がないのだ。

（……無防備すぎて困る）

安心安全の無害な男だと信頼しているからこそ寝てしまったのだと思うが、一応周も男なのでちょっとくらいは警戒してほしかった。

起こして家に帰すべきだったと強く後悔したが、今更詮《せん》なき事である。

はあ、と溜息《ためいき》をつきながらソファで寝たからか固まった体をほぐすように伸びをして、ゆっくりと立ち上がる。

とりあえず、真昼の様子を見てみようと思う。着替えを取りに行くという目的が主なのだが、ついでに真昼の様子も見るつもりだ。

そーっと、自室への扉を開ける。

中は静かなもので、やはりベッドで寝入っている真昼もそのままだ。

ただ違う点といえば、寝返りを幾度か打ったのか横向きになっていて髪もベッドに川のように広がっている事だろう。

くぅ、くぅ、と何とも可愛《かわい》らしい寝息を立てている真昼を、しゃがみこんで眺める。

本当に、寝ている時はあどけなさが強い。

普段気を張っているのかクールな表情が多かったりするのだが……寝顔は、緩《ゆる》みきった表情でやはり可愛らしい。

なんというか、撫《な》でたくなるような愛らしさがある。

（……寝てる時はほんと可愛いんだよなあ）

もちろん起きていても美少女に違いないし可愛らしいのだが、こちらは愛玩動物を見た時に感じる感情に近い。

このさらさらな髪を撫で回したいし、ふにふにした頰《ほお》をつつきたくなる。

普段がしっかりしていて隙《すき》がない分、こうして無防備な状態だと構いたくなってしまう。

思わず、柔らかそうな頰に手を伸ばして、触れた。

滑らかな頰は、昨日と同様の柔らかさを指先に伝えてくる。ずっと触っていたくなるようなもちもち加減に、つい周も指の腹でふにふにとつついてしまう。

ソフトタッチを心がけているものの、やはり柔らかさが心地よくて可愛がるように触れていたら、静かに寝ていた真昼から「んぅ……」と掠《かす》れた甘い声が漏《も》れた。

それから、手を離す間もなく、閉じられた瞳《ひとみ》がゆっくりと開かれる。

焦点がぶれた、濡《ぬ》れたカラメル色の瞳が、周……正しくは周の方向を見る。

ふやけたような表情は幼い寝顔の残滓《ざんし》があり、あどけなさが強い。むしろ、意識があるのにほうけたような、とろんとした瞳の分、今の方が幼いように見えた。

油断しきった、無警戒さが際立《きわだ》つ表情をさらした真昼は、それからへにゃりと眉《まゆ》を下げて、また瞳を閉じた。

触れた指を引っ込めようとすれば、指にすりすり、と頰をすりつけて、甘えるようにか細く喉《のど》を鳴らす。

行かないで、と言われているような、そんな頰擦《ほおず》り。

「……っ」

確実に寝ぼけているとは、分かっていた。

真昼がこんなにも周に甘える道理などないし、普段の真昼ならこんな緩みきった表情も仕草

もしない。

それでも――甘える子猫のような仕草をされて、早朝から周の心臓と理性が試されていた。

手を引っ込めるべきか、気の赴くままに頰を撫でて可愛がるべきか。

心情としては、かなり後者に寄っている。

こんなゆるゆるの真昼を見る事なんて滅多《めった》にないし、どこまで甘えてくれるのかと興味がある。

しかし、実行に移せば真昼の意識がはっきりした瞬間、真昼が口を利《き》いてくれなくなる気がした。羞恥《しゅうち》で悶《もだ》えるのが分かりきっているので、どうしたらいいのか分からない。

とりあえず、可愛かったので寝ぼけている真昼を観察するに留めておいた。

意識は大分浮上しているらしいが、まだ頭が覚醒《かくせい》していないのか、周の手と気付いていないのか、指に頰を寄せてまどろんでいる。

様子を見て着替えを取るだけのつもりが何故《なぜ》かこんな触れ合いになっていて、周は何とも言えないむず痒《がゆ》さに頰に熱が集まるのを感じた。

「ん、ん……」

しばらくすれば、ようやく目覚めてきたのか再度真昼が瞼《まぶた》のカーテンを上げて……。

「……え、」

ぱちりと目が合う。

それから視線が近くに居る周と頬に触れた指に移って、硬直した。

次の瞬間、真昼は飛び起きた。

「おはよう」

「……お、おはよう、ございます……」

「お前が俺《おれ》の家で寝たからここで寝かせた。他意はない。何もしてない俺に感謝してほしいくらいだ」

先んじて周のベッドで寝ていた理由を説明すれば、真昼も騒いだりはせずに大人しくしている。

ただ、男のベッドで寝ていた、という事実に頬がどんどん赤くなって、布団《ふとん》をつまむように持ち上げて口許《くちもと》を隠していた。

その仕草も妙に可愛らしくて、つい目を逸らしてしまう。

(なんだこの状況)

一応こちらは寝床を貸した立場なのだが、自分が悪いように思えてくる。

確かに無断で頬に触れたのは悪いと思っているが、ほんのちょっとだけであったし、何かしようなんてつもりはなかった。

真昼の可愛らしさにどきどきやら罪悪感にちくちくやら胸が忙しい事になりつつも真昼を見れば、朱に染まった頬のまま、じとっとほんのり不機嫌《ふきげん》……とまではいかないものの、物言いたげな眼差《まなざ》しを向けてくる。

「……周くんって、ほっぺ触るの好きなんですか」

「え？」

「だって、クリスマスの時も、昨日の寝る前も触ったじゃないですか」

「……起きてたのかよ」

昨日触ったのは真昼が熟睡している時にした筈《はず》で、本人の意識はなかった筈だ。

それなのに触れた事を知っているという事は、あの時真昼は起きていたのだ。

「……あ、あれは、その……ベッドに下ろされる間際《まぎわ》で起きたというか……あんなの寝たふりするしかないじゃないですかっ」

「俺が何かするとか考えなかったのか？」

「……周くんは、そんな事しないって思ってましたし……それを確かめるために、寝たふりしたってのは、あります、もん」

どうやら本当に信用していいのか見定められていたらしい。

結果的に信頼してもらったようなのでよかったが、出来れば今度からは男の前で寝るなんて無防備な真似《まね》はしないでほしいところだ。

流石《さすが》の周も、次見かけたら頬をつつくだけで済ませられる気がしない。もう少し警戒してくれないと周が困る。

「……まあ、信用してもらったならいいけど、次からやるなよ。俺も男だからな」

「う、そ、それは分かってます、けど」

「それとも何かしてほしいか？」

「そんな事ある訳ないでしょうっ」

真《ま》っ赤《か》になって強く否定した真昼が布団にまた潜るので、そこ俺のベッドなんだけどな、という突っ込みは飲み込む。

真昼の恥じらいが収まるまで、丸まってぷるぷる震えてる真昼をそっとしておくしか出来ない周だった。

羞恥《しゅうち》から立ち直った真昼は一度家に帰り、着替えて戻ってきた。

ただ、まだ恥ずかしいのか周と視線が合うと微妙に視線が逸れるため、周も気まずさを覚えてしまう。

ソファの隣に座ったはいいものの、非常に居たたまれない。

「……許してくれ」

なんというか居心地が悪く思わず謝罪をすると、真昼がちらりと周を見てそっとため息をつく。

大分照れが除去出来たのか、一応いつも通りの表情に戻っている。

「怒ってる訳ではありません。周くんが謝る必要性はありませんから」

「いやでもなあ」

「私はただ、自分の迂闊《うかつ》さを後悔しているだけです。あんなだらしなくて見るにたえない顔を見せてしまったので」

「見るにたえないって……普通に可愛かったけどな」

天使というあだ名に恥じない、まさに天使のような寝顔だったし、起きてからの寝ぼけ眼《まなこ》も油断して緩みきったあどけない顔も非常に可愛らしかった。

寝ぼけると普段の冷静で落ち着いた表情が一変して幼さの強い表情になるというのは新発見である。

むしろもっと見ていたいくらいにはよいものだったのだが、真昼的にはやはり油断しきった表情は見られたくないのだろう。

だらしないとも見るにたえないとも思わなかったのでそこだけは否定させてもらうと、真昼はきゅっと唇を噛《か》んで、何故か抱き抱えていたクッションで周をぽすぽすとはたいてきた。

痛くはないし真昼も本気ではないのだろうが、いきなりはたかれて訳が分からない。

「何だよ」

「……周くんのそういうところがだめです」

「何がだよ……どう直せと」

「そういう事を軽々しく言うものではありません」

「別に他の誰《だれ》に言う訳でもないし……」

周の周りに居る女性など、真昼か千歳《ちとせ》しか居ない。

千歳は確かに可愛い部類に入るものの、周にとってはめんどくさいという気持ちの方が先に来るし面と向かって褒《ほ》める必要もないので、真昼くらいしか称賛する相手は居ない。

真昼が固まっているので不審に思いつつ、肩を竦《すく》める。

「お前、そういうの言われ慣れてるだろ？　別に今更だろ」

そもそも真昼には何度も可愛いと認識している事は伝えているので、今更そこに突っ込まれるなど思いもしなかった。

真昼は真昼で自分がどれだけ見目麗《うるわ》しいか正確に把握しているだろうし、褒められるのも慣れている筈なのだ。

周一人にどうこう言われたところで、そう照れるものではないだろう。

そう思っていたのだが、真昼は何故だか渋い顔をしている。

「ほんとにさっきからどうしたんだ」

「……何でもないです」

最後にもう一度ぽすんとクッションで物理攻撃を加えた真昼は、ぷいとそっぽを向いて「お雑煮作ります」と言い残してエプロンをつけてキッチンに向かってしまう。

押し付けられたクッションを手にしながら、周はいきなりほんのりと不機嫌になった真昼の背を眺めるしか出来なかった。

お雑煮を食べ終わる頃には、真昼は平常通りの表情に戻っていた。

食べ始めた時点では微妙に違和感を抱かせるような強張《こわば》りがあったものの、お雑煮もおせちも美味《おい》しかったので夢中になっていたら、いつの間にか真昼の機嫌は戻っていたようだった。

ダイニングからお互いにソファに座り直した時には、すっかり元通りだ。

「そういえば、真昼は初詣行くのか？」

「初詣ですか？　あまり行くつもりはないですけど……人混み好きじゃないんですよね。なんか、じろじろ見られるし」

「それはお前が……」

とんでもない美人だから、と言おうと思ったが、先程真昼の機嫌を損ねたばかりなので言葉を飲み込み「まあ仕方ないな」と返す。

「周くんは初詣行くのですか？」

「実家に居た頃は両親と行ってたけど、どうしようかなとは思う。少なくともわざわざ元日からは行かなくてもいいなとは思ってるよ」

「同感です」

「千歳達は千歳の家で仲睦《なかむつ》まじくするらしいし、まあ今時の子供なんてそんなに初詣行かないんだよなあ。別に後回しでいいな」

なんでも昔に比べれば……特に十代二十代の若者は初詣をする割合が減っているらしいし、周達がおかしいという訳ではない。

別に行きたくないのではないが、人が多すぎて身動きとれなくて疲弊するだけだと分かっているので、人が落ち着いた頃に行けばいいだろうと思っている。

「それにまあ、三が日はゆっくり過ごしたいからなあ。俺は福袋とかどうでもいいし」

「私としては福袋がちょっと気になりますけどね」

「ショッピングモールにでも行って来るのか？」

「……あの人だかりに突撃する勇気はないんですよねえ」

「同感だ」

先程真昼が周にしたような返事を周も返し、ソファに体を預ける。

別に、正月だからといって、どこかに行く必要もないだろう。

基本的に面倒くさい事は避けたい周は、こうしてゆったりとするだけで結構に満足だった。

どうやら食事の都合上正月中は周の家で過ごすらしいので、会話の相手にもご飯にも困らない。

とても贅沢《ぜいたく》な正月だな、と思いながら、隣の真昼をひっそりと眺めて小さく笑った。

第3話　両親来訪と初詣

『明日周《あまね》の家を訪ねてもいいかい』

　そんなメッセージが父親から送られてきたのは、三日の午後二十二時。夕食と団欒《だんらん》を済ませた真昼《まひる》が帰った後だった。

『周が実家に帰らないのはいいのだけど、やはり私も顔くらいは見ておきたいからね。それに、二人から聞いているけどお隣さんにもご挨拶《あいさつ》は必要だと思うし』

　いかに周が真昼にお世話になっているのか知っている父――修斗《しゅうと》は、親として挨拶をしておきたいとの事だった。

　これが仮に志保子《しほこ》が真昼を知らない状態であったなら全力で拒否したのだが、もう知られている上に真昼自体が志保子とやり取りをしているため、断っても無駄なような気がする。

　一応隠すものがなくなった今、両親が帰省しない息子の視察をする事自体には拒否感がない。

　修斗が志保子と来るのなら、暴走しがちな志保子を窘《たしな》めてくれる筈《はず》である。

　というか止めてもらわないと先日の二の舞になって周も真昼も疲弊するので、修斗には頑張ってもらわなければ困る。

どうせ断っても志保子が押しに押して真昼に会いに来る気がしたので、周は先にアポを取ってくれた父親に承諾の旨を伝えてから、真昼にメッセージを送った。

「ええと、その、私も家族の団欒の場に居てもいいのですか。邪魔では？」

翌日、朝から周の家にやって来た真昼は、少々緊張気味だった。

それはある意味当然だろう。いきなり世話している男……というと語弊があるが、一緒に過ごしている男の両親が真昼に会いたいと言い出したのだから。

志保子とはどうやら密にやり取りをしている、正しくは志保子からよく連絡を取っているらしく、大分慣れているらしい。

なので志保子だけなら平気だろうが、今回は父親も伴ってくるので、彼女が緊張するのも仕方ない事である。

「いや、父さんお前に挨拶しに来たってのはあるし、母さんも真昼を気に入ってるから居てくれたらありがたい。むしろお前が居ないと駄目」

「そ、そうは言われましても……」

「まああんま気は進まないだろうが、ちょっとだけ我慢してくれると嬉《うれ》しい」

両親に挨拶をさせるというシュールな事態になっているが、向こうがもう会う気なので致し方ない。

真昼の時間をとらせるのは悪かったが、父親の性格上真昼に挨拶を済ませておかなければ気が済まないだろうし、少しの間だけ我慢してほしかった。

「……志保子さん、私の事どう説明しているのでしょう」

「安心しろ。父さんには恩人ってしつこく伝えてるから。間違っても母さんの楽しい妄想のお時間での役職ではないと伝えてるから」

志保子の中では既に嫁、というか可愛《かわい》い娘認定をしているらしいので、全力で否定しておいた。

修斗も苦笑の後に『いつもの志保子さんの悪い癖《くせ》だね』と言って納得したので、誤解されているという事はないだろう。

ほっと胸を撫《な》で下ろしたらしい真昼に「すまんな」と苦笑して待っていれば、ちょうどいいタイミングでインターホンが鳴った。

エントランス自体は合鍵《あいかぎ》で突破しているので、直通で来るのは予想していた。

真昼がびくっと体を大きく震わせたので小さく笑って宥《なだ》めつつ玄関に向かって、チェーンを外し鍵《かぎ》を開けた。

扉を開けば、周にとっては見慣れた両親の姿。

「半年ぶりだね周」

「久しぶり、父さん」

穏やかな笑みを浮かべた修斗に、周も同じように少し安堵《あんど》したような笑みを浮かべる。

ふんわりとした空気の持ち主である修斗は、なんというか居て和《なご》むタイプなので、周もつい対面していると気が緩《ゆる》むのだ。

「母さんにはそんな態度してくれなかったのにぃ……」

「母さんはいきなり押しかけてきたからだろうが。事前予告すれば普通に対応したし」

あの時は真昼が居たからあんな対応になっただけで、周一人ならもう少し優しい対応が出来ただろう。

「とりあえず、入ってくれ。……何その荷物」

「色々と持ってきたのよー。まあそれは後にして、真昼ちゃんは？」

「奥」

簡潔に返して、靴を脱いだ両親を伴ってリビングに戻れば、ほんのり居たたまれなさそうにしていた真昼がこちらを向いて――ぱちくり、と目を見開いていた。

真昼が驚くのも無理はない。

修斗は、三十代後半とは思えないほど若々しいのだ。息子の贔屓目《ひいきめ》抜きに、三十前後の容貌を保っている。

ベビーフェイスと言ってもいい若く端整な容貌で、もう少しその血を濃く継げたらと何度思った事か。

周とは違い柔和な顔立ちでいかにも人当たりのよい好青年（実年齢的には中年なのだが）と

いった男なので、血の繋《つな》がりをよく疑われた。それでも並んで歩けば年の離れた兄弟に見えるらしいが。

「真昼ちゃん、久しぶりねぇ」

「久しぶりって、一ヶ月も経《た》ってないだろ」

「私の中では久しぶりよ」

真昼に駆け寄ってにこにこと満面の笑みを浮かべる志保子に、真昼も居住まいをただして「お久しぶりです」とほんのり外行き用の笑みを浮かべている。

ただ、視線は困惑気味に修斗に向けられていて、その視線に気付いた修斗も穏やかな笑みをたたえて志保子の隣に立った。

「初めまして。周の父の藤宮《ふじみや》修斗と申します。椎名さんの事は志保子さんから伺《うかが》っています。いつも息子がお世話になっています」

「初めまして。椎名《しいな》真昼と申します。こちらこそ周くんにはお世話になっています」

綺麗《きれい》にお辞儀した修斗に合わせて、真昼も折り目正しく挨拶する。

真昼が心配していたのは、修斗が志保子のようなタイプかどうか、という点だったのかもしれないが、修斗は温厚な常識人なので真昼には是非安心していただきたいところである。

志保子のストッパーをこなせるのは修斗だけであり、志保子も修斗には弱い。ベタぼれ、という理由もあるのだが。

「あら、そんな謙遜《けんそん》しなくていいのよ？　どうせ周はだらしないからねえ」

「だらしなくて悪かったな」

「こら志保子さん、そういう事を言わないの。……周、日頃《ひごろ》お世話になっているんだからちゃんと彼女は労《ねぎら》ってるね？」

「出来うる限り」

「よろしい」

女性は大切にするもの、という教育方針の修斗は、息子である周が真昼を労っているのか心配していたらしい。

流石《さすが》に、尽くさせるだけ尽くさせて自分は楽している、というのは周の心情的にも無理なので、当然真昼に最大限気を使っているつもりだ。

周の返事に安心したらしい修斗は、改めて真昼の方に視線を合わせる。

「……本当に、何とお礼を申し上げればいいのか。日頃から料理を作ってもらっていて、加えておせちまで作ってもらっているようだし……」

「いつも感謝してるし、なるべく真昼を労ってるから」

「はい。……周くんは、案外気を使ってくれますので」

「案外ってなんだよ案外って」

「だって……」

大雑把《おおざっぱ》なようで結構細かく見てますよね、と言われて、大雑把なのは反論出来なかったので言葉に詰まれば、修斗が柔らかい笑みを浮かべている。

「二人とも仲良いようで何よりだ。周も、椎名さんにはあまり迷惑をかける事のないようにするんだよ」

「……分かってる」

「椎名さんも、周に悪いところがあればきっちり言ってあげてほしい。この子は素直ではないようで案外素直だから、嫌なところはすぐに直してくれると思う」

「周くんは優しいですから、嫌なところなんて……その、少ししか」

「あるんだな」

「……嫌というか、……だめなところです」

もじ、とやや言いにくそうにしている真昼に、そんな風に言うほど駄目なところってなんなんだ……と問い詰めたくなった。

志保子は何故《なぜ》か知らないが「ははーん」と心当たりがあるらしく、にやにや笑いでこちらを見てきたので、何なんだと睨《にら》んでやるくらいしか出来なかった。

「どうぞ」

実の両親とはいえ客人なのでもてなすのは当然なのだが、真昼がお茶を出すと言って聞かなかったので周は彼女に任せていた。

真昼が自分で飲む用に持ってきたティーセットと紅茶がまさかこんな所で役に立つとは思うまい。

普段は周と真昼二人で腰かけるソファに座った両親は、穏やかな笑みをたたえていた。

「あらありがとう真昼ちゃん。すっかり慣れてるわねえ」

「は、はい」

「本来は周がしなきゃいけないのよ？」

おそらく、周が淹《い》れると紅茶の渋みだけ取り出しそうなので真昼がやっているのだが、志保子はほんのりと呆《あき》れた顔を浮かべている。

「いえ、私がしたかったので……」

「まあ周がするとお湯の温度適当にするから仕方ないわね」

ごもっともなのだが、それを指摘されるのは些《いささ》か腹が立つ。

しかしながら反論は出来ないので大人しく黙っていれば、志保子のにっこりした笑みを向けられる。

「そういえば周、ちゃんと真昼ちゃんの事名前呼びするようになったのね」

唐突な指摘に、周も真昼も体を強張《こわば》らせる。

ナチュラルに呼んでしまっていたので気付かなかったが、以前母親に会った時、周は真昼を名前呼びしていなかったし、真昼は周をぎこちなく呼んでいた。

それが今では口ごもる事もなく自然と呼びあっているので、志保子の事だから当然勘ぐるだろう。

「……別にいいだろ」

「いいと思うわよ。仲睦まじいのはいい事だし」

敢《あ》えて余計に追及せずに、ただにこにこと実に明るい笑顔でこちらを見守る志保子に、周は頬《ほお》がひくりと震えるのを感じた。

まだからかわれた方がよかったかもしれない。こういう時の志保子は、確実に頭の中であらまあまあと仲を捏造《ねつぞう》して楽しんでいるのだ。

「志保子さん、あまり周をからかわない」

ただ、そこで止めにかかるのが修斗だ。

「志保子さんの悪い癖だよ。あまりつつかないでやりなさい」

「はぁい、残念だけど仕方ないわね」

志保子は修斗の言う事ならすんなり聞くので、振り回される息子としてはありがたい限りだ。

「でも、やっぱいいものよねえ、息子が可愛《かわい》い女の子と仲良くしてるのを見るのは」

「志保子さんの悪い癖が暴走しないか、私はひやひやしてるんだけどね」

「あら、修斗さんが止めてくれるでしょう？」

「自覚があるなら直した方がいいと思うけど、志保子さんのそういう所も好きになったから仕方ないね」

「まあ……修斗さんってば」

止めたのはいいものの、今度は両親が微妙に二人の世界を作り出すので、周はため息を隠さない。

基本的に修斗は常識人ではあるのだが、妻を無意識に可愛がってしまう事があるので、時々他人を寄せ付けない空気を生み出してしまうのだ。

幸い、それは家族の前でしか見せないものだし外ではそういった露骨な雰囲気は出ないのだが、ここが周の家だから気が緩んだのかもしれない。

夫婦が何年経っても仲睦まじいというのは息子からすればよい事なのだが、それを見せつけられるこちらの身にもなって欲しいものである。

ああなると周としては割り込みたくないので、諦《あきら》めてダイニングから持ってきた椅子に座って再度深くため息をついた。

真昼も、その隣に用意してあった椅子に腰かけてそっと周を窺《うかが》う。

「……ご両親、仲がよいのですね」

「そうだな。まあ外ではあんな風ではないけど、家だとあんな感じだ」

「そうですか」

苦笑と共に答えれば、真昼は目を細めて志保子と修斗を見る。

その表情は不快そうなものではなく、むしろ、まばゆいものを見た時のもの。

憧憬《しょうけい》と羨望《せんぼう》の滲《にじ》んだ、尊いものを見るような、そんな眼差《まなざ》しだった。

儚《はかな》いと言い切れるほどに淡い笑みで見守る真昼の姿に、思わず手を伸ばしかけて――。

「あら周、どうかしたの？」

現実世界に戻ってきたらしい志保子の声に、即座に手を引っ込めた。

「どうしたの、じゃねえよ。母さん達が二人の世界に入ってるから俺《おれ》達が居たたまれないんだよ」

「あら羨《うらや》ましいの？」

「全く、これっぽっちも羨ましくない。そういうのは自宅でしてくれって思ってるんだよ」

どうやら真昼の手を握りかけていた事には気付いていなかったらしい。真昼も、同じように気付かなかったのか、周の言葉に苦笑している。

どうして、手を伸ばしたのかは、分からない。

ただ、なんとなく……あの真昼を一人にしたくない、そう思った。

もう普段の真昼に戻っているので、周は微《かす》かに安堵《あんど》しつつ、悟られないようにいつもの仏頂面《ぶっちょうづら》に戻す。

「で、母さん達は息子の顔見て満足したか」

「周より真昼ちゃん見て満足したのだけど……」

「おい」

「半分冗談よ。まだ目的果たしてないしねえ」

「目的？」

てっきり、新年の挨拶と真昼への挨拶目的だと思っていたのだが、志保子にはまだ他に目的があったらしい。

「周達まだ初詣行ってないのよね？」

「人が落ち着いてから行くつもりだったし」

「でしょ？　真昼ちゃんも行ってないわよね。メッセージで聞いたもの」

「はい」

「だろうと思って着物持ってきたのよー」

どうやら、志保子は真昼と初詣に行きたかったようだ。

満面の笑みを浮かべていて、随分と大きな荷物を持ってきた理由が今更ながらに分かって周は今日何度目か分からないため息をついた。

志保子は可愛い物好きであるし、人を着飾るという行為そのものが好きなので、こういった機会は逃したくないのだろう。

周が覚えている限りでも家に着物が幾つかあったので、それを持ってきたらしい。

「私、娘に着物着せて初詣に行くの夢だったし……真昼ちゃんならきっと似合うと思って」

「母さんが単に着せ替え人形したいだけだろ」

「そんな事ないわよ？　でも、真昼ちゃんに着せたいっていうのは大きいわねえ」

だってすごく似合いそうだもの、と自信満々に言う志保子の意見は正しい。

というか、あまり真昼に似合わない服装もなさそうだ。

周が覚えている限り、ボーイッシュな服装もお嬢様のような品のある格好も、フリルやレースをふんだんに使ったいかにも女の子らしい服装も何度かしているが、どれもこれもよく似合っていた。美少女というのは着るものを選ばないらしい。

和装も恐らくではあるが非常に似合うだろう。

藤宮家は一人息子なので、娘を着飾りたかったらしい志保子としてはこのチャンスを見逃す事が出来ないらしい。

「……まあ真昼がいいって言うなら着せて行ってくればどうだ」

「なんで周はこない前提なの」

「いや真昼と出かけて学校のやつらにバレても困るし」

両親と真昼だけなら、別に初詣に行こうが家族に見られるだろうし問題はない。

そこに周が加わった場合が問題なのだ。

見るからにパッとしない周が真昼と並んで参拝しているのを同じ学年の人間にでも見られた

場合、冬休み明けが阿鼻叫喚《あびきょうかん》の地獄絵図になる事が予想出来た。

流石に、そのリスクを背負ってまで初詣に行きたいとは思わない。

「ばれなければいいの？」

「まあそうなんだろうが普通にバレ……いや母さん、まさかとは思うが」

「ふふ、こういう時のために色々と持ってきてるのよ？」

「どんな時だよ⁉」

着物やら襦袢《じゅばん》やら小道具やら、着物関連だけにしてはやけに荷物の量が多いと思えば、周を弄る用に更に荷物を持ってきていたらしい。

「修斗さんも結構乗り気よ」

「父さん……」

「折角の機会だし、いいんじゃないかな。私としては、恒例行事だし出来れば一緒に行きたいんだけどね」

そう言われると、断りにくいものがある。

家族の仲を大切にする修斗の意向もあって志保子が申し出ているのだ、それを突っぱねるのも悪い気がする。

「でもさあ」

「大丈夫、お母さんを信じなさい。必ず元の周とは似ても似つかないようなかっこいい男にしてあげるから！」

「それ元の俺がかっこ悪いって言ってるよな」

「もちろん修斗さんに似てるから顔立ちは整っているけど、髪型とか雰囲気が野暮《やぼ》ったいわねえ。陰気って言うのかしら」

「うるさい」

自分でも野暮ったいのは自覚しているが、好きでこんな格好をしているのだから一々指摘されたくないものである。

「整えたらかっこいいでしょうに、周ったらめんどくさがるから……」

「余計なお世話だ」

「勿体《もったい》ない。……ねえ真昼ちゃん、真昼ちゃんも周がきっちり整えた姿見てみたいわよね？」

「え？」

突然話を振られて、真昼は目に見えておろおろとしている。

あまり真昼にぐいぐい押さないでほしいものであるが、志保子は遠慮なしに迫っていた。

「周が着飾ったら真昼ちゃんも見直すと思うのよ。こう見えて、周は割と顔はいいのよ？　性格も素直ではないけど修斗さんに似て紳士的だし、ちゃんとすればほんとに良物件だと思うの」

「え、あの……そ、そうですね……？」

「一緒に初詣、行きたくない？」

「そ、それはその、行きたいです、けど」

「おい裏切るなよ」

出来れば万が一を考えて却下してほしかったのだが、真昼は突っ込んだ周をちらりと見る。

「……周くんが嫌なら、いいです」

しゅん、と少し気落ちしたような声で眉《まゆ》を下げられて、周はぐっと息を詰まらせた。

本人は隠しているようだが、明らかに残念そうにしている。これ見よがし、という訳ではなく自然と漏《も》れたものらしい。

そっと長い睫毛《まつげ》を揺らして瞳《ひとみ》を伏せる姿に、非常に罪悪感が湧《わ》いた。

志保子の方からは「真昼ちゃん悲しませた」といった責めるような視線が、修斗からは「諦めた方が早いよ」といった視線が送られて、周はうぐぐと小さく呻《うめ》く。

これでは、自分が真昼をいじめているようではないか。

「……分かったよ」

あんな顔をされては、折れるしかなかった。

「はい、もういいわよ」

散々志保子にああでもないこうでもないと髪やら顔やらを弄られ服装のコーディネートをされ、ようやく解放された時には地味に疲労していた。

あまり服装には興味ない周としては苦痛の時間だったが、鏡で確かめてみれば苦労の甲斐《かい》あってか普段の周とは比べ物にならないくらいに整った男が居た。

志保子が選んだのは、ダークグレーのチェスターコートに白のタートルネック、黒のスラックスといったシンプルでありながらカジュアルさを抑えたコーディネートだ。

新年のめでたい行事なので軽装にならないように気を付けたらしく、フォーマルな雰囲気をほんのりと漂わせている。

周もあまりカラフルな服装は好きではないので、このモノトーンの落ち着いた格好は周の好みとも合致していた。

髪型も確認してみたが、やや長めの前髪はアイロンやワックスと志保子の腕によって上手《うま》い事流して、普段は前髪に隠れがちな瞳が出ていた。

目元をしっかり露出させた事で印象が大分明るくなるが、それだけでなく上手くボリュームを持たせてセットされた髪型が、洗練された雰囲気を醸《かも》し出《だ》している。

陰気臭いと母や樹《いつき》に揶揄《やゆ》される周はそこにはおらず、どこの誰《だれ》だといった爽《さわ》やかさを感じる男が、鏡の前に居た。

「ちょっと弄るだけで爽やか好青年になるのにどうしてしないのかしらねえ」

「趣味じゃない」

「周そういう所あるわよね。まあ顔が仏頂面だから笑わないと爽やかにならないんだけど」

仏頂面は余計なお世話なのだが、事実なので否定は出来ない。

「じゃあ、私真昼ちゃんの調整に行ってくるからリビングで待ってるのよ」

周は自室であれこれやっていたので、一度自宅でお着替えしているらしい真昼の様子は知らない。

自分で着付けが出来るという事なので真昼は一度自宅に帰って着てくるらしいが、着付け出来るという時点で真昼のスペックの高さが伺えた。

部屋から先に出て行った志保子を見送り、もう一度鏡で自分を見る。

久しくこうした格好をする事はなかったので、自分が自分でないように思える。

「……まあ、悪くないのかな」

真昼の隣に並ぶにはみすぼらしい気がしなくもないが、普段の周より何倍もましだろう。

視界にかかる事のなくなった前髪を少し弄りながら、たまにはこういうのも悪くないのかもしれないな、と小さく呟《つぶや》いた。


リビングで修斗と待つ事数十分、玄関のドアが開く音がした。

女性の支度《したく》には多大なる労力と時間がかかる、と聞いているので待つこと自体には不満はなかったのだが、真昼が志保子にセクハラされていないかという点が心配である。

やっとか、と座っていたソファから腰を上げて玄関の方を見たくらいで、真昼が静かにリビングにたどり着いていた。

真昼の姿を一目見た瞬間に、思わず呆《ほう》けてしまう。

普段、真昼は和装なんてしないし、見る機会もない。

だからきっと似合うだろうな、程度に思っていたが——まさかこんなにも似合うとは、思ってもみなかった。

志保子曰く、振《ふ》り袖《そで》は人混みでは動きにくいという事で小紋《こもん》にしたらしいが、淡いピンクを基調とした梅柄の小紋は、真昼が持ち主なのではないかと思うくらいに着こなしていた。

普段はピンク色をあまり着ない真昼だが、上品さの中にもフェミニンさを香らせている。

色素の薄い長い髪は横髪が残されて、あとは上で簪《かんざし》によってまとめられている。真っ白なうなじやしゃらりと揺れる飾りが女性らしさを際立《きわだ》たせていて、なんとも色っぽい。

元の美しさを引き立てるようにほんのりと施された化粧もあいまって、これ以上になく清楚《せいそ》美人といった雰囲気を醸し出していた。

「どう？　中々可愛く出来たと思うんだけど。真昼ちゃんは素材がいいからほんと飾りつけ甲斐があったわ」

「うん、とても似合っているよ」

さらりと笑顔で褒めている修斗に、真昼もやや恥じらうように瞳を伏せる。その仕草すら色っぽいのだから、美人というのは本当に恐ろしい。

「ほら周、ちゃんと感想を言わなきゃ駄目よ」

「似合ってると思う」

流石に親達が居る前で絶賛など到底出来る筈もなく、無難な称賛を送ったのだが、志保子は非常に不服そうだった。

「……そういう所がダメなのよ？」

「うるさい」

志保子から駄目出しされてしまったものの、周は両親の前ではこれ以上褒めるつもりはないのでそっぽを向く。

そんな周に志保子は呆《あき》れたようだったが、周の性格をよく知っているのかため息一つで見逃してくれるようだった。

「全くもう。……ちなみに真昼ちゃん、どう？　周、こうしたら全然雰囲気違うでしょ？」

「は、はい。普段とは全く……」

「普段からこの格好してたらモテるんでしょうに、しないのよねえ。ほんと、損してるわぁ」

周としては余計なお世話なのだが、志保子は本気で残念がっているようでため息をついている。

「折角修斗さんに似ているのに、それを活《い》かそうとしない周にはがっかりなのよね。勿体ないわー」

「まあまあ志保子さん。周も色々とお年頃《としごろ》なんだろう」

「お年頃ならモテたいんじゃないの？」

「周はどちらかと言えばただ一人だけでいいタイプだと思うからね。他は煩《わずら》わしいんじゃないかな」

「まあ」

フォローの筈が、志保子の妄想に火をつけている。

確かに周は不特定多数に好かれるよりただ一人が居ればいい……というか修斗にそう教えられているし実際その方がいいと思っているが、今の状況だとその相手が真昼だと言っているように聞こえるではないか。

志保子の輝かんばかりの笑顔に頰をひきつらせ、顔を背《そむ》ける。

どうしてこうも邪推されなければならないのか、とは思うのだが、実際問題他人からそう見えてしまうのも自覚している。

少なくとも、周にとって真昼は特別なのだ、と言い切れる程度には。

それは、事実ではあるが――。

ちらりと真昼に気付かれないように盗み見て、そっとため息。

（そりゃ、好きと言えば好きだけど）

好ましい、とは思う。

ただ、恋愛感情と言い切るには、まだ違うと思うのだ。

「母さんが邪推してるような事は一切《いっさい》ないからな。んなくだらない事言ってないで、車の準備とかしようか」

「つれない子ねぇ……ほんと。まあいいでしょう、修斗さん、車の準備しましょうか」

「そうだね」

どうやら話を逸《そ》らす事に成功したようで、二人とも出掛ける準備の方に移り出す。

どの神社に行くのかは両親に任せておき、先に駐車場に向かい家を出ていった両親の背中を見送った。

「……俺は鞄《かばん》に必要なもん入ってるしそんな準備要らないけど、真昼は？」

「え、このバッグに入っていますので」

「そっか」

急に二人きりになったのでほんのりとした居たたまれなさを覚えつつ、周は窓の戸締まりやら余分な電化製品のコンセントを抜いていった。

リビングの照明を消したところで、改めて真昼を見る。

やはり、よく見なくとも美人だと思う。これほどまでに着物が似合う少女はそう居ないだろう。

両親の手前あまり手放しで褒められなかったが、誰が見ても和装美人な真昼は非常に目の保養になった。

「どうかしましたか、周くん」

「ん、いや似合ってるな、と。いかにも清楚な和装美人って感じだな。可愛いし綺麗だと思うぞ」

本来は修斗から女性がお洒落《しゃれ》をしていたら褒めてあげるべき、と学んでいるので見た瞬間に褒めるべきだったが、流石に両親の目の前で称賛するのは恥ずかしかった。

素直な感想を口にすれば、真昼が大きく数回目をしばたたかせて、それからほんのりと頰を染めてきゅっと唇を結んでいる。

前もそういう反応をされた事を思い出して、周は小さく苦笑した。

「ああ、褒められるの嫌だったっけ？　すまん」

「そ、そんな事はないです、けど。……周くんは、割と」

「割と？」

「……何でもないです」

ぷい、とそっぽを向いた真昼に何なんだと思いつつも、口を割る気配はなかったので大人しく諦めて、真昼を伴って玄関に向かう。

はいていく靴は歩く事を考えて下駄《げた》ではなくブーツで和洋折衷のスタイルらしいが、それはそれで可愛らしい姿が見られそうだった。

しゃらしゃらと簪の飾りを揺らしながら何とかブーツをはいた真昼は、先に外に出て扉を支えていた周にそっと近寄る。

思ったよりも、距離が近い。珍しく真昼の方から接近して、そっと背伸びをしている。

耳を貸せ、という事なのだろうか、と玄関の扉を閉めて鍵をかけてから腰を屈めると、そっと真昼が掌《てのひら》で口許《くちもと》に輪を作りながら耳元に近付ける。

「周くん」

「ん？」

「その……周くんも、かっこいい、ですよ？」

それだけ小さく囁《ささや》いて、横をすり抜けて足早にエレベーターホールに向かった真昼に、周はそのまま扉にごん、と額を押し付けた。

「……それはずるい」

仕返しと言わんばかりの囁きに、周の心臓が早鐘《はやがね》を打つように鼓動を刻んでいた。

真昼のせいで一気に火照《ほて》りだした頬を冷やすのに時間がかかって、先に駐車場で待っていた両親に不審な目で見られる事になる周だった。

周達が住む地域から車で小一時間ほど離れた地域にある有名な神社に到着すると、やはりというか人数はテレビで見た時よりもかなり減っていたものの、人が途絶える事はなさそうだっ

た。

「大分人が減ってはいるけど、それでもやっぱり結構居るわねえ」

「そうだね」

「真昼ちゃん、はぐれないようにしてね。私達も気を付けるしスマホがあるから集まるのは簡単だと思うけど、それでもやっぱり一緒に参拝したいものね」

「はい」

着物に身を包んでいる真昼が一番動きにくいし、足も遅い。靴はブーツとはいえ、着物は歩幅が制限されるので歩みは他の人と比べれば遅いものだろう。

人混みをかき分ける、ほどではないものの、やはり肩がぶつかりやすい程度には居るので、こちらも気を配ってやらなければならない。

「じゃあ、行きましょうか」

志保子の先導で人混みの中、まずは手水舎《ちょうずや》に向かって手と口を清める事となったのだが、やはり真昼に視線が吸い寄せられている人間の多い事。

着物を着ている人間も少なからず居るし、着物を着てきた真昼がそう目立つ訳でもない……という事はなかった。

そもそも何も着飾っていない制服姿ですら人目を引くのだ。清楚系な正統派美少女が和装していて目立たない筈がない。

口を清めている仕草すら美しいので、視線を集めている。

「……どうかしましたか？」

「何でも」

何か面白《おもしろ》くない、とは思ったものの、それを口にする事はせず、周も両親達と同じように手と口を清めて前を歩く両親の後をついていく。

一応真昼に歩みを合わせてはいるのだが、やはり和装は普段着にでもしていないと裾《すそ》さばきが難しいらしく、人混みのせいもあっていつもより遅々《ちち》とした進みとなっていた。

「真昼、大丈夫か」

「はい、これくらい……ひゃっ」

他の参拝者に肩がぶつかって体勢を崩して転びかけているので、周が腕で押さえた。

「大丈夫じゃなさそうだな」

「……すみません」

「ほら、手を貸せ」

流石に慣れない格好で歩かせているので、気遣わない訳にはいかない。

袖から覗《のぞ》く小さな掌に手を伸ばせば、真昼がこちらを見上げてくる。

もしかして嫌だったのかと手を引っ込めようとすれば、慌てて掌を重ねてまたじっと周を見上げてくるので、周は訳が分からずに見つめ返してしまった。

じ、と見ていたら、先に真昼が視線を逸らして周の掌をきゅっと握る。

何なんだと首を捻《ひね》る間もなく流れに乗って賽銭《さいせん》箱の前までたどり着きそうだったので、周は繋いだ手の感触を確かに感じながら、小さな疑問を胸にしまいこんだ。

「結構長く願ってたけど、何願ってたんだ」

参拝を終えて少し列から離れたところで、静かに祈っていた真昼に問いかけてみる。

これぞ見本といった風な美しい所作《しょさ》で参拝した真昼は、周の倍くらい瞳を閉じて手を合わせていた。その後の礼の優美さに気をとられかけていたが、彼女が何か願い事をしていると思い出して聞いたのだ。

「無病息災ですかね」

「すごい無難なやつ」

真昼らしいといえば、真昼らしい。

あまり本人は欲がないので何を願うかと思っていたのだが、予想の範疇《はんちゅう》のもので拍子抜けしたと言えばよいのか。

「それと」

「それと？」

「……このまま、穏やかな日々を過ごせますように、と」

これもまた、真昼らしい願いだった。

刺激や変化をあまり好まない真昼が願いそうな事であり、平和と静穏を好む真昼ならではの願いだろう。

「うちの母さんいたら穏やかでないけどな」

「それはそれで楽しめるものですよ」

そういうものなのか……とは思ったものの、本人が楽しそうなので口は挟まず、柔らかい表情の真昼の手を取る。

まだ人混みから完全に抜けきった訳でもないし、先にお参りを終え少し離れた位置で待っている両親のところにたどり着くまでに転ばれても困る。

そういった意味で手を繋いだのだが、真昼は小さく瞬きをして、少しだけ恥ずかしそうに瞳を伏せてから周の手を握り返した。

「二人とも、こっちよー」

志保子の声は明るくハキハキとしていて分かりやすい。

促されるように二人で両親のもとに向かえば、志保子が目を丸くして、それから口許に手を添えて微笑《ほほえ》ましそうにこちらを眺めてくる。

「あらあら」

「何だよ」

「ナチュラルに手を繫いでいるのねえ、と」

言われて、志保子の前で手を繫ぐのは失策だと今更に気付く。

これでは真昼が周の特別だ、と言っているようなものではないか。志保子に勘ぐられて常ににやにや笑いをされるなんて冗談ではない。

「……はぐれないようにするためだろ。それに着物だと転びやすいし」

「そうだね。着物だと歩きにくいし、エスコートしてあげるべきだろう。私も志保子さんにするし」

修斗は理解があるので、真昼の手を取っている事に違和感はないらしい。同じようにするりと志保子の手を握っている。

あのように父親ほどスマートに手を差しのべて繫ぐなんて出来れば苦労しないが、性格上無理だとも思っていたので、真昼が素直に手を繫いでくれたのはありがたかった。

志保子の意識が修斗の方に移った事にほっとしつつ、そっと手を離そうとしたら、真昼の手から力が抜けてくれない。

きゅっ、と控えめながら離す気がないのは分かるので、どうしたと小声で聞いても返事はない。ただ、か細い指が周を捕らえているだけだ。

「真昼ちゃん真昼ちゃん、温かい飲み物買おうと思うんだけど、おしること甘酒どっちがいい？」

「じゃあ、おしるこでお願いします」

志保子に遮《さえぎ》られて問いかけるタイミングも離すタイミングも失って、そのまま華奢《きゃしゃ》な手を握ったまま。

「あなたはどうする？」

「……じゃあ俺甘酒」

「はいはい」

ただ、真昼が嫌がっていないならそれでいいか、と胸の中で起こったかすかなざわつきを抑えて飲み込み、志保子に希望を伝えて真昼の手を握り直した。

ほどなくして出店から帰って来た志保子がそれぞれの注文した品を手渡してくるので、流石にこれは手を離さないとどうしようもないので一度離して一息つく事になった。

両親は共に甘酒を飲みながら穏やかに笑い合っている。

二人の世界というほどではないもののいちゃいちゃしているので、声をかける気にもならず周も渡された甘酒に口をつけた。

飲む点滴と言われるほどに栄養のあるものだが、米の甘味やコクはほっと染《し》み渡《わた》る味で、つい感嘆と安堵の混じった吐息《といき》がこぼれる。

周は甘いものはそう好んで食べる訳ではないがあんこは割と好きなので、おしるこという選択肢も捨てがたかった。ただ、新年という事で気分的にこちらを選んだのだが、個人的には正解だった。

ちらりと真昼を見てみると、穏やかな顔で紙コップに入ったおしるこを少しずつ飲んでいる。そうやって美味《おい》しそうに飲んでいるとおしるこへの未練が強まるから、困ったものである。

(一口くらいもらえるかな)

頼めばもらえるかな、と真昼を見ていたら視線に気付いた真昼がこてんと首をかしげる。その拍子にしゃらりと揺れた簪が、何とも言えない清楚さを漂わせた。

「おしるこはうまいか?」

「美味しいですよ」

「一口もらっていい?」

おしるこの味も楽しみたいと尋ねてみると、真昼はぴたりと、面白いくらいに綺麗に動きを止めた。

「え、い、いいですけど……」

承諾するような返事をしつつもうろたえているのは隠せていない。恐る恐るといった様子でこちらを窺っている。

「別に駄目ならいいけど」

「だ、駄目というか、そういう訳ではないんですけど……その」

「その？」

「い、いえ、いいです。どうぞ。私も甘酒もらいますっ」

「お、おう」

何故か若干《じゃっかん》ムキになった真昼に甘酒の入ったカップを強奪《ごうだつ》されたので、周も真昼からカップを受け取った。

中には、とろみのついたいかにも小豆といった色合いの液体。

柔らかく漂う小豆独特の香りをかぎながら口に含むと、やはり甘くて濃厚な味が広がる。いささか甘さが強いように思えるのは、周があまり甘党ではないからだろう。

美味しいには美味しいが、やはりあんこはお茶と合わせるのがいい、と痛感した。

ちなみに真昼は甘いものはそれなりに好きらしいので、これでちょうどよいのかもしれない。

ちらりと真昼の方を見れば、甘酒を口にしたのかほんのりと頬を赤らめて悩ましそうな顔をしている。

「もしかして、口に合わなかった？」

「違います。……周くん、ケーキの時は気付いてたのに、何でこれは気付かないんですか」

「……あ」

そこで真昼が何故あんな反応をしていたのか気付いて、周も固まった。

（あーんではないけど、これ、間接キスだよな）

おしるこに気を取られていたから気付かなかったが、普通に間接キスを持ちかけていたのである。

意識していなかったとはいえ、真昼を困らせたに違いない。だからこそあんな態度を取っていたのだろう。

「ご、ごめん、迂闊《うかつ》だった。嫌だったよな」

「な、何でそうなるのですか。いや、じゃないですけど、その……恥ずかしかっただけで」

「こ、今度から気を付ける。ごめんな」

感情はどうであれ困らせたのは事実で軽く頭を下げると、真昼は今度は慌ててぱたぱたと手を振っている。

「べ、別に気にしてませんから」

「そ、そうか？　でもまあごめん、あいつらと同じノリでやるのは駄目だな」

樹や千歳はそういう事を気にしないタイプで「友達ならへーキへーキ」と周の飲み物や食べ物を口にする。

樹は同性だし千歳《ちとせ》は異性として全く、これっぽっちも見ていないので、別にされようが間接キスなんて事を感じはしない。取られたと歯噛《はが》みする程度だ。

ただ流石に、真昼にするのは問題だった。気付かない自分が悪かったのだが。

「赤澤《あかざわ》さん達は、普段そういう事するのですか」

「ま、まあ友達だしなあ……」

「そうですか」

納得とも不満とも取れる微妙な表情で頷《うなず》いた真昼は、甘酒に視線を落としてもう一度口をつける。

「……別に、私と周くんも友人ですので、平気です」

「お、おう……って全部飲んだなお前」

「残り少なかったので」

酒精も入っていないのに頬を赤らめている真昼がそっぽを向くので、代わりに真昼が三分の一ほど残していたおしるこを呷《あお》る。

先程より冷めている筈なのに、そのおしるこは熱くて何だかとても甘かった。

「真昼ちゃん、料理うまいわねえ」

初詣から帰って来て少し休めばもう夕方で、真昼は着替えていつものように夕食の準備を始めたのだが……周の家に一泊する志保子が手際を観察するべくキッチンに居た。

車で数時間かかる距離の実家なので、疲れているし元々一泊する予定だったらしい。家主の許可を取ってほしかったが、本来の家主は修斗なので文句は言えない。

幸い布団《ふとん》は万が一の来客用に一応一組余っているので、二人で使うのだろう。実家でも一緒に寝ているので、大して変わらない。

「ありがとうございます」

「ほんと、女子高生なのに上手よねえ。私が女子高生の頃なんてこんなに出来なかったわあ」

「母さん今でも真昼より出来ないだろ」

「何か言ったかしら」

「別に」

キッチンからワントーン下がった声が飛んできたので、周は知らない振りをしておきソファの背もたれに体を預けた。

隣でくつろいでいる修斗が「あまり志保子さんをいじめない」と窘めてきたが、普段いじめられ、もといからかわれているのはこちらなのでこれくらいの仕返しは許容範囲だろう。

知らぬ存ぜぬを通す周にキッチンから「失礼しちゃうわ」という声が聞こえたものの、すぐに真昼に明るい声で話しかけている。

真昼も志保子に話しかけられて戸惑う事なく返していた。大分志保子の勢いと性格に慣れたようで、穏やかな表情を浮かべている。

遠目に二人が仲よさそうに調理しているのを眺めて、周はそっと安堵のため息をついた。

「志保子さんは、相当椎名さんの事を気に入っているね」

同じように二人の背中を眺めていた修斗は、微笑ましそうにしている。

「まあ、器量いいし可愛いし性格もいいから、母さんが気に入るのは予想出来ただろ」

「周はどうなんだい」

「……別に、普通にいいやつだと思うし、可愛いと思ってるよ」

「そうか」

さりげないチェックかと思ったが、修斗の性格上あまり詮索《せんさく》はしないタイプなので純粋な興味なのだろう。

周の返答に、それ以上追及をしない。

「周が毎日食べたくなる料理、楽しみだなあ」

「味は保証する。母さんが余計な事しなければ」

「心配しなくても志保子さんは椎名さんの料理を食べたがってるから、あくまでお手伝いくらいだよ」

「それならいいけど」

別に志保子は料理が下手という訳ではないが、真昼のような繊細な味付けとは違った大雑把な味付けをする事が多い。

繊細な味付けは修斗の担当であり、志保子は量と楽さを優先している。

もちろん食べ盛りの息子を持った主婦ならそれは当たり前に近いのだが、周の好みは真昼の作った計算され尽くした味であり、真昼の料理の魅力を損なわれるのは嫌だった。

幸い志保子も真昼の手伝いに留《とど》めているらしいので、ほっと吐息をこぼして二人の調理風景を眺めた。


「うん、美味しいね」

「ありがとうございます」

流石に普段二人で使ってぴったりなダイニングテーブルでは四人食卓を囲む事は不可能なので、納戸《なんど》にしまっていた大きめの折り畳みの机を取り出しての夕食となった。

修斗の素直な感想に安堵した真昼は、体から少し力を抜いている。

調理実習でもない限り手料理を周以外に食べさせる事はなかったらしく、些《いささ》か緊張していたようだが……修斗の柔らかな笑みにようやく強張りも解けたらしい。

「すごく美味しいわ。これなら一人暮らしでも結婚しても困る事はなさそうね」

こちらを見ながらしみじみと呟《つぶや》く志保子に頬がひきつりかけたものの、無表情を保って味噌汁をすする。

出汁のきいた滋味深い味は随分と馴染《なじ》み深くなってきたもの。

真昼の味付けにすっかり慣れ親しんでしまっていて、真昼の料理以外をあまり食べたくなくなってしまうのが、毎日手料理を食べる際の難点だろう。

「周、感想は?」

「もちろん美味しいよ。いつもありがとな」

志保子に求められずとも言うつもりだったのだが、急《せ》かされてしまった風に聞こえるだろう。

二人きりの場合は毎日美味しいと伝える事は忘れていないが、両親が居るので控えていたのだ。結果的には失敗であったが。

今回もいつものように褒めたのだが、真昼は何だかんだそわそわ、というか居心地悪そうに身じろぎしつつ「……はい」と小さな声で返事した。

ほんのりと頰が朱を含んでいるのは、恐らく両親が居るからだろう。

三人から立て続けに褒められれば、周に感想を言われ慣れている真昼でも多少なりと照れてしまったに違いない。

「可愛いわねえ真昼ちゃん」

「志保子さん、あまりからかわない」

「からかってるつもりはないのよ。本当に、今時珍しいピュアないい子だなあと思っただけよ？」

「そ、そんな事はありませんので……」

「まあ、それはあるな。ピュアっつーか純情っつーか」

「周くん!?」

ピュア、というのは間違っていない。大して見かけがいい訳でもない男がシャツの前を開けたのを見ただけで顔を赤くしたので、純情且《か》つうぶと言ってもいいだろう。

「あらあら、私達が知らない間に何かあったのかしら?」

「別に何も」

「何もありませんっ」

真昼からも否定の声が飛んできた。

純情やピュアは別に貶《けな》している訳ではないのだが、あまりそう言われるのは嫌らしい真昼が強く否定しているので、周もそれ以上口にする事はしない。

「まあ、私は周が椎名さんを傷付ける事がなければ好きにしていいと思っているけどね。からかうのはほどほどにするんだよ、周」

「分かってるよ」

「……ほら、からかってるじゃないですか」

「純情ってのは本気だった」

隣に居たのだが、机の下で腿《もも》をぺちりと叩《たた》かれた。

頬を赤らめてこちらをほんのりと睨《にら》んでくるので「ごめんごめん」と返せば、端整な容貌《ようぼう》にむっとした表情が浮かぶ。その仕草が妙に可愛らしくて、周は真昼に怒られないように笑みをこらえた。

「……なんというか、こう、私達が見せてるようなものを目の前で見せられてるのよねえ」

「いいんじゃないかなあ。周もいつになく表情が柔らかいし」

「なんか言ったか」

「何でもないわよー」

気のせいか邪推されている気がして低い声を飛ばせば、素知らぬ顔をされた。


「ん、ごめんな母さん達の分まで作らせて」

夕食を終えて二時間程談笑したところで、お開きとなった。

といっても両親はリビングで寝るので、帰宅するのは真昼のみになるが。

両親には先に風呂《ふろ》に入ってもらっているので、周一人が彼女を送りに外に出た。

見送る必要はないのだが、一応念のためと、今日あった志保子達の無茶ぶりを謝るためでもある。

「いえ、大丈夫ですよ。楽しかったですし」

「そうか」

気分を害した様子がないのは幸いだった。

むしろ、楽しそうだったのかもしれない。

「それに」

「それに？」

「……少し、しあわせな気持ち、分かったので」

か細い声で吐息にも似た呟きを口にした真昼が浮かべるのは、どこか寂寥《せきりょう》を伴った笑みだった。

風が吹けばかき消されてしまいそうな、そんな儚《はかな》い笑顔。瞳にかすかな憧憬《しょうけい》が混じっているのが分かるようになったのは、周が彼女の家庭環境を察してきたからだろう。

なんだか放っておけなくて、周はたまらず彼女の頭に掌を載せて、わざと少し乱雑な動作で撫《な》でた。

嫌がるような表情は浮かばず、ただ驚いたように周を見上げてくる。

「な、なんですか」

「別に」

「別にじゃないです……髪ボサボサになっちゃいます」

「どうせ風呂入るだろ」

「それはそうですけど」

「……駄目だったか？」

「だ、駄目じゃ、ないですけど。……せめて、事前に言ってください」

「触った」

「それは事後報告です」

「ごめん」

先に言えば遠慮なく触らせてくれるんだな、と思ったものの飲み込み、素直に謝ると真昼は小さなため息をついた。

「全く……私だからいいですけど、本当は女の子の頭を軽々しく撫でるのはよくありませんからね」

「いやお前にしかしないし……」

異性の体の一部に触れていいのは、基本親しい人間のみだと分かっている。陽キャのように気軽にスキンシップなんて、周には出来ようがない。

一応、真昼とは親しい分類に入ると周は思っているので真昼が嫌がってない事を確認しつつ触れてしまうが、真昼以外にはしようとは思わない。

そもそも、触れようとすら思わない。精々悪戯《いたずら》をした千歳にお仕置きする時くらいである。他に触る訳ないだろ、と付け足せば、真昼は頭に載せた掌を振り払う事なく大人しくなる。

「……見ていて思いますけど、周くんは修斗さんそっくりです。知り合って間もない私でも分かります」

「どこがだよ。性格も顔もそんな似てないぞ」

「……そっくりです、本当に」

今度は大きくため息をこぼした真昼にちょっとむかついて頭をまた撫で回したが、彼女は嫌がらなかった。

(……そんなに似てるか?)

確かに隣に並べば歳《とし》の離れた兄弟に間違われるが、周と修斗は雰囲気が正反対だ。

性格も、正反対とは言わないが間違いなく似ていない。

それなのにそっくりとはどういう事なのだろうか。

疑問は幾つも浮かぶが、真昼はそれ以上何も言うつもりはないのか、瞳を細めて周にされるがままになっている。

思う存分撫でてから手を離せば、真昼はハッと我に返ったらしく周を見上げて微妙にうろたえていた。

「なんだ、もう少ししてほしかったか?」

からかい混じりに聞いてみれば、真昼のうっすら赤らんだ顔による「からかわないでくださいっ」と反論がきたので、この辺でやめておこう。

どうやらご機嫌《きげん》ななめになってしまったのか、不服そうな顔を隠さず自宅のドアを開けて中に身を滑らせてしまう。

ちょっとやりすぎたかな、と後悔したのも束《つか》の間《ま》、真昼がドアの隙間《すきま》からこちらを覗いてくる。

「周くん」

「何だよ」

「……周くんの、ばか」

真昼は淡く紅色に色づいた頬で拗《す》ねたような、それでいてほんの僅《わず》かに甘えるような響きの言葉を紡《つむ》ぎ、扉を閉めた。

（……ばかはどっちだ）

真昼のせいで、心臓が突然跳ねてしまったではないか。

そっとため息をついて、周はしばらく熱を持った体を冷やすべく廊下の壁にもたれて、いつもより白く感じる息を吐き出した。

真昼を送った後家に戻ってしばらくすれば、両親がお風呂からあがってきた。

テレビから目を離してスリッパの立てる音の方に向けば、寝間着に着替えた両親の姿がある。

当たり前のように手を繋いでいるのは、仲のいい証拠だろう。

そもそも一緒にお風呂に入るほどなので仲のよさは今更なのだが。

「お風呂いただいたよ、周も入っておいで」

「ん。……つーか、よく二人で入れたな。うちの浴槽《よくそう》、一人だと問題ないけど二人だと流石に狭いだろ」

一人暮らしにはかなり広く快適な間取りのマンションではあるが、お風呂がそこまで広いという訳ではない。流石に成人男女がのびのびと足を伸ばせるほど浴槽は大きくなかった。

「あら平気よ？　くっついて入れば問題ないし」

ねー修斗さん、と体を寄せて微笑む志保子に、修斗も穏やかな笑みで頷く。

もう結婚して二十年近く経とうとしているのに新婚のような二人に、周は苦笑いを浮かべるしかない。

「相変わらずお熱い事で」

「羨《うらや》ましいの？」

「別に。一人で入った方がゆっくり出来るしそもそも相手居ないから」

「真昼ちゃんは……」

「あのなあ。あいつとは何でもない」

何故志保子が周と真昼を結び付けたがるのかが分からなかった。

いや、志保子が真昼を気に入っているから是非とも娘にしたい、という戯言《ざれごと》は聞いているので分からなくもないが、彼女がこちらに抱いてくれている信頼と恋愛を履《は》き違《ちが》えてはならないだろう。

「そうかしら？」

「まあまあ、志保子さん。周もお年頃でデリケートなんだからあまり意地悪しない」

「意地悪じゃなくて本気なんだけど……」

「はいはい」

志保子の言葉は適当に流して風呂に入る準備をしようと立ち上がると「周」と修斗から声がかかる。

志保子を窘める時の声や苦笑混じりのものでなく、真剣な声で、何事かと彼を見れば穏やかな眼差《まなざ》しを返された。

「周はここに来てよかったかい？」

真《ま》っ直《す》ぐに見つめられて瞠目《どうもく》してしまったものの、両親に向けて微笑む。

「……そうだな。楽になった」

きっと、両親は心配していたのだろう。

何かにつけてこちらの様子を窺ってきたのも、事あるごとに顔を見ようとしてきたのも。

全《すべ》て、周が心穏やかに過ごせているのか、確かめたかったのだ。

「そっか。よかったよ」

「心配しなくても、本当に信頼出来る人間は居るから」

もう前とは違う、という言葉は飲み込んで返せば、志保子が「ああ、樹くんねえ」と明るい笑顔を浮かべる。

「私は直接会った事はないんだけど、折角なら挨拶したかったわあ」

「やめてくれ、変な事吹き込むだろ」

「変な事じゃないわよ。小さい頃の周がいかに可愛かったかとか……」

「それが変な事だろ。ほんとやめてくれ……」

樹に漏らせば確定で千歳にも伝わる。それだけはなんとしても避けたいのだ。からかわれるのも間違いないし、写真を見せろとせがまれそうなので嫌だ。

小さい頃の自分は我ながら可愛らしい女の子のような顔立ちをしていたので、確実に笑われる。女装写真なんかを母親から提供されたらのたうち回りそうだ。

「でも、挨拶したいのは仕方ないじゃない。周と仲良くしてくれているんだもの」

「それはそうだが」

「すごくいい子なんでしょうね。周が認めるくらいだもの」

「……いいやつだよ、俺には勿体ないくらい」

本人に面と向かって言う事はないが、樹には感謝している。

人と関《かか》わろうとせずに静かに教室の端で音楽を聴くだけのいかにも陰気そうな男に、気さくに声をかけてきたのだから。

「風呂入ってくる」

本人が居ないとはいえ樹を褒めるのも気恥ずかしく、誤魔化《ごまか》すように告げて、周は着替えを取りに足早に自室へ向かう。

その背中に小さな笑い声が届いたので、周は唇をもぞもぞと動かし気まずげな表情のまま自室に逃げ込んだ。

翌朝、起きて身支度を済ませてリビングに行けば、もう両親は起きていて朝食の準備をしていた。

「おはよう。朝ご飯は出来てるからかけて」

椅子にかけてあった周のエプロンを身に着けてキッチンから声をかけてくる修斗の姿に、小さく苦笑しながら椅子に座る。

この家に来たばかりで慣れない筈のキッチンに馴染んでいるのは、修斗が普段から料理をしているせいだろう。

実家では志保子と修斗が交代で料理しているのでエプロン姿も見慣れているし、違和感がない。

志保子は先にテーブルについてうずうずしている。恐らく手伝いたいのに修斗が「私がやるからゆっくりしていてね」とでも言ったのだろう。

やはり自分も手伝おうかなと思ってやや腰を浮かしたものの、すぐに修斗がほかほかのご飯や味噌汁をトレイに載せて持ってきたので、出鼻をくじかれてしまう。

「ありがとう、父さん」

「どういたしまして。といってもまあ、椎名さんが昨日の残りをタッパーに詰めてくれていたから、それを温めてご飯炊いてお味噌汁とだし巻き玉子作ったくらいなんだけど」

藤宮家はしっかり朝食を摂るのがモットーなので、朝食にも抜かりはない。

今回はたまたま真昼が作った煮物が残っているのでそれをメニューに加えているのだろうが、それがなければ修斗はもう一品何か作っていただろう。

修斗は苦笑しながらそれぞれの前にご飯や味噌汁を並べていく。

懐かしい修斗のだし巻き玉子に視線を吸い寄せられていれば、いつの間にか配膳は終わって修斗も椅子に座っていた。

「じゃあそろそろ食べようか」

「そうね。いただきます」

「いただきます」

揃《そろ》って食物への感謝を口にしてから、真っ先にだし巻き玉子に箸《はし》を伸ばす。

修斗の料理は夏帰省した時に食べた以来なので懐かしさと楽しみを抱きながら一口分に切り分けて、ゆっくりと口に運ぶ。

広がるだしの味も、甘さの加減も、卵の焼き加減も、懐かしく――同時に少しもの足りないと思ってしまった。

「どうかした？」

真顔で咀嚼《そしゃく》する周に気付いたらしい修斗が心配そうに声をかけてくる。

「ん……いや、何でもない」

「もしかして味付け失敗してた？」

「い、いやそうじゃないし美味いけど……やっぱ普段食べている真昼のとは味が違うなって」

「ああ、そういう事」

半年近く食べていないとはいえ食べなれている筈の父親の料理より、日頃食べている真昼の料理が基準になってしまっている事に、自分でも驚いていた。

もちろん修斗の料理が不味《まず》いという訳ではなく、より真昼の方が周の好みに合っているという話なのだが、それでも出会って数ヵ月の真昼の料理がこうも周の舌に馴染んでいる事が何とも言えない面映《おもは》ゆさを感じさせる。

「すっかり椎名さんの虜《とりこ》にされてるんだね」

「料理にな」

「あら、真昼ちゃん本人に魅力はないと？」

「誰もそんな事言ってないし誘導尋問に引っかかるつもりはない」

志保子は確実にそちら方面の話に持っていくだろうから、話題に乗るつもりは更々ない。

狙《ねら》いは周の予想通りだったらしい志保子が残念そうに眉を下げたのを、周はフンと鼻を鳴らしてスルーした。

昼食前には両親は帰る事になった。

というのも明日は二人揃って仕事らしいので、早めに帰宅して休まないと辛《つら》いだろうと周が提案したからだが。長時間車を運転して帰宅しなくてはならないので、当然疲れるだろうし早く家で休むべきだろう。

「真昼ちゃんともっと話したかったし樹くんにも会いたかったわあ」

玄関を出てマンションの廊下に出たところで、志保子が小さくこぼす。

「それは今度にしてくれ……樹はそもそも先に約束取り付けないと。あいつも暇じゃないんだから」

「じゃあ周が取り付けておいてちょうだい」

「気が向いたらな」

事実上取り次ぐつもりはない、という発言に志保子が分かりやすくむくれるものの、修斗が「まあまあ」と宥《なだ》めて多少機嫌もよくなっていた。

そんな二人を眺めていると、隣室の扉が音を立てて開いた。

亜麻色を揺らしながら、ドアの隙間からひょっこりと顔を覗かせる真昼の姿が見える。

志保子の声を聞いて出てきたのだろう。よくも悪くも、志保子の声はよく通るのだ。

「よかった、ちょうど挨拶に行こうと思ってたのよー」

二人も真昼に気付いて真昼の部屋の前に移動しつつ、志保子がにこにこと真昼に寄っていく。

靴を履いて出てきた真昼に勢いよくくっつこうとするものだから真昼が若干たじろいでいる

ものの、拒む様子はないので嫌がっているという訳ではなさそうだ。

「もうお帰りになるのですか？」

「致し方なくねえ。ほんとはあと二日くらいは居たかったんだけど、仕事があるもの」

「もう少し早く来ていれば違ったんだろうけど……これればかりはね」

残念がる両親に真昼は静かに微笑んでいる。

「まあ、また今度の機会ねえ。といっても次は周がこっちに来る番だけど」

「はいはい。夏休みには帰ります」

志保子から強い視線を感じたのは、今度こそは里帰りをしろという圧力と、真昼ちゃんを連れていらっしゃいという無言の圧力のせいだろう。

流石に真昼を連れていくのはどうなんだと思いつつ、彼女は長期休暇をいつも一人で過ごしていたそうなので、そうして連れ出した方がいいのではないか、とも思う。本人が嫌がらなければ、だが。

「ほんと可愛げがないわねえ。ねー真昼ちゃん」

「え、そ、そう言われましても……」

「こら志保子さん、困るような絡《から》み方をしない。……まあ、子供の頃に比べたら素直ではなくなったけどね」

どうやら周の味方は居ないらしいので無言で無視を決め込んでいると、修斗が志保子とは違った穏やかでにこやかな笑みを真昼に向ける。

「見ての通りうちの周は表面上素直な子ではないけど、ちゃんと見ていれば分かりやすくて心優しい子だから。これからも仲良くしてくれると嬉しいな」

「それ本人の目の前で言わないでくれるか、滅茶苦茶《めちゃくちゃ》恥ずかしいんだけど」

褒められたが、精神的には味方してもらったというより敵として煽《あお》られている気分である。

そもそも、心優しいなんて褒め言葉、自分に向けられたものだと思うと悶《もだ》えたくなった。

自分は別に優しいという訳ではなく、近しい人間には相応の敬意と親愛を持って接しているだけなので、それを優しいと評価されるのもむず痒《がゆ》いものがある。

顔を背けたくなるような気恥ずかしさを覚えつつ、ちらりと真昼を見ると、ぱちぱちと瞬きをした後淡く微笑んだ。

「……周くんが誠実で優しい人という事は常々感じていますよ。仲良く、というのはこちらからお願いしたいくらいです」

「それならよかった。色々安泰《あんたい》だねえ」

その色々安泰という言葉に突っ込みを入れたかったが、それよりも真昼の言葉に動揺してそれどころではなかった。

真昼にそういう風に思われていると思うとなんというか無性《むしょう》に恥ずかしくて、本人の顔を直視出来ない。

そんな周を見て志保子が笑ったものの、それすら反応出来ずに周は唇を噛《か》むように閉ざすのだった。

「別に、お世辞は言わなくていいんだぞ」

両親が周の家を後にしてから、廊下に立つ真昼に小さく声をかける。

周としては微妙に気まずい雰囲気を和らげるために言ったのだが、真昼は何故か眉をややつり上げてこちらを見上げた。

その表情は静かなのに僅《わず》かな威圧感があり、気圧《けお》されてしまう。

「私が思ってもないお世辞を言うように見えますか」

「俺には言わないけど母さん達には分からないだろ」

どうやらお世辞と評した事が不服だったらしい。

つい言い訳をしてしまうと、真昼はムッとしたあとにやれやれだと言わんばかりにため息を落とした。

「……あのですね、私は周くんの人柄を好ましいと思ったから信頼していますし、こうして共に過ごす事をよしとしているのです。お世辞を言ったつもりはありません」

「お、おう……」

何だか非常に恥ずかしい事を堂々と言われている気がして自然と顔に熱が上るのだが、幸いと言えばいいのか真昼は気付いた様子はない。

素直に頷いた周の姿を見て、ほんのり満足げにしている。

「分かってくれたならよいのです。さ、お昼ご飯の準備しましょうか」

どうやら三が日に続いて今日も昼食を作ってくれるようだ。

当たり前のように告げて周の家の扉に手をかけた真昼に、周は羞恥《しゅうち》やら嬉しさやらを感じながら、真昼のつむじを見下ろす。

(……信頼、か)

信頼出来る相手というのは、こっちの台詞《せりふ》だろう。

周が真昼を天使として見なかったように、真昼も周をただの隣人として見てくれている。その上で信頼してくれた。それが何よりもありがたい事だった。

「こっちに来てよかったな」

小さく呟くと声だけは聞こえたのか「何か言いました?」と振り返ってくるので、周は誤魔化すように笑って「いや、何でもない」と答えて彼女と一緒に自宅に戻った。

第4話　新学期

新学期が始まったものの、別にこれといって変わったという事はなかった。

皆思い思いの冬休みを過ごしたようではあるが、夏休み明けのような変化がある訳でもない。

誰《だれ》かが思いきったイメージチェンジをした、なんて事もなく変わらない顔触れだ。

普段のクラスの喧騒《けんそう》より幾分か騒がしいクラスを眺めながら静かに席についていた周《あまね》に、影がさす。

「よう周、元気そうだな」

「お陰様《かげさま》でな」

周より後からクラスにやってきた樹《いつき》だが、樹も変わった様子はない。

クリスマス以来会ってはいないのだが、相変わらずの軽薄そうな笑みである。

「どうだ、いい年末を過ごしたか？」

「……まあ、それなりにな」

「なんだよいいよどんで。なんか進展とかあったのか？」

「進展ってお前なあ……そういうのじゃねえし、何もなかった」

本当は何もなかった訳ではない。ただ、互いに本意ではなかったとはいえ真昼《まひる》がうちに泊まった、なんて言える筈《はず》もない。

言えば千歳《ちとせ》に伝わり、二人してからかいやひやかしを入れにくる事は想像に難くないのだ。

それ以外は別に両親が来て初詣に行ったくらいなので、何もないと言える範疇《はんちゅう》だろう。

「……ふーん？」

「別に何もねえよ」

「まあそれならそれでいいんだけどさ」

やけににやっとした笑みにやや苛《いら》つきを覚えたものの、突っ込んでも面倒くさいだけなので流しておく。

話を逸《そ》らすためにも何か話題を……とクラスを見回してみたが、特に変わった事はない。

女子が学年の王子こと門脇優太《かどわきゆうた》の側《そば》に居るのも相変わらずだ。囲まれてる本人はやや困った顔をしているのも、周囲の男子が地味に妬《ねた》ましそうにしているのも、変わらない。

「相変わらずだな、あれ」

「まあ優太らしいっつーか、いつもの光景だよなあ」

所詮《しょせん》他人事と眺める周と彼女持ちで他の女子に興味のない樹は、優太の人気っぷりに苦笑しつつ他に変わった事はないかと周囲に視線を移動させていた。

「そういえば、椎名《しいな》さん彼氏居るんじゃないかって聞いたんだけど」

そこでちょうど数人の女子が固まって話している内容が聞こえて、周は体を強張《こわば》らせた。

「あ、リサが言ってたよね。初詣に行ったら男の子と手を繋《つな》いでいたの見たって」

「言ってた言ってた。椎名さん誰にもなびく気配なかったけど、彼氏居たからなのかな」

「結構かっこいい人だったらしいけど、学校では見たことないってさ。他校の人なんじゃないかって」

心なしか、クラス中の視線が会話する女子達に向かっている気がした。あの優太ですら、彼女達に視線を向けて話に耳をそばだてている気がする。

樹の視線だけは、こちらに向いているが。

「なあ周」

「知らん」

「まだ何も言ってない」

「関係ない」

「左様《さよう》で」

小声で突っぱねた周に樹は苦笑し、それからひょいっと周の前髪を持ち上げた。

「まあ、お前隠れてるけど顔いいよな」

「お前に言われてもからかわれてるようにしか思えん」

樹はお調子者であるが、見た目はやや軽薄な雰囲気を感じさせるもののイケメンの分類に入る。

そのイケメンに顔がいいと言われても嫌味のように聞こえるのだ。

自分の見かけはあくまでそれなりという事を自覚している周としては、わざわざ顔の評価なんて聞きたくないものである。

ぺいっと前髪に触れる彼の手を払いつつ眉《まゆ》を寄せてみれば、樹の苦笑が届く。

「お前ってそういうやつだよなあ」

「うるせえ」

「まあ、らしいと言えばらしいよ」

そっけない態度のままの周に、樹は怒る事なく笑った。

「学校で噂《うわさ》になってたな」

夕食後、ダイニングテーブルの席について向かい合ったままこぼせば、真昼もどういう意味なのか理解したらしく表情を強張らせた。

一番困ったのは真昼だろう。

噂を聞く限り一応相手が周だとはばれていないらしいが、それでもいきなり彼氏が居るのとかそういった詮索《せんさく》を周囲にされれば疲れもする。

だから今日は周の家にやってきた時から微妙にぎこちなさがあったし、歩みが重かったのだろう。

「……周くんだとはばれてないのでいいですけど、すごく誤解されてその誤解をとくのが大変です」

「手を繋いでいたくらいで彼氏になるもんなのか」

「知りません。とりあえず知人だときっちり否定しておきました。あとは噂が収まるのを待つだけです」

「ん、まあそうするしかないよな」

流石《さすが》に自分が彼氏と誤解されるのは可哀想《かわいそう》なので、出来れば早く噂に収束してもらいたい。

一々他人にあれは彼氏なのかと聞かれ続けるのはストレスになりそうだ。

周としても、噂を聞く度に申し訳ない気持ちやら恥ずかしい気持ちやらで落ち着かないので、さっさと忘れ去ってほしい。

はぁ、とため息をついた周だったが、真昼はそっと瞳《ひとみ》を伏せているだけ。

「……そんなに、恋人に見えたのでしょうか」

「さあな。俺《おれ》からしてみれば、俺ごときが真昼の彼氏とかあり得ないけどな。もっと有能なイケメン選ぶだろうし並んでいても彼氏よりは知人だと思うけど」

「ごときじゃないです」

「え？」

思ったよりも強い声で返されて思わず真昼を改めて見つめると、真昼は先程の憂《うれ》いを帯びたような表情ではなく、何故《なぜ》か少し……怒ったような、気の強さが透ける表情を浮かべていた。

「周くんは割と自己評価低いですけど、そんな事ないです。周くんはよく出来た人だと思います。優しくて、気遣いが出来て、紳士的で、その、すごく人柄は、よいと思います。……おしゃれした時は、すごく、かっこいいと思います、し」

自分の事を褒めてるのか疑うような褒め言葉が続くので、周も自然と頬《ほお》が赤くなる。

まさか真昼にそこまでよく思ってもらっているとは思わなかったのもあるし、あまりに真剣に言っているものだから褒められる側として照れてしまう。

真昼は真昼で徐々に言っている言葉に気恥ずかしさを覚えているらしく、途中からたどたどしく躊躇《ためら》いがちに。

それでも本音という事ははっきりさせようと周の瞳を見て伝えてくるので、余計に恥ずかしかった。

「そ、そうか……その、ありがとうな」

「で、ですから、あの、その……そんなに、卑下《ひげ》しないでください」

「お、おう……」

あそこまで正面から褒められると、それを違うと否定なんて出来ない。謙遜《けんそん》すら許されないような空気。

淡く頬を染めた真昼が俯《うつむ》いて恥ずかしさに震え出すので、周は周でわき上がるもどかしさと羞恥《しゅうち》をどこにやればいいのか分からず、小さく唸《うな》った。

「……その、食器洗ってくる」

「は、はい」

とりあえず周が出来たのは、その場を誤魔化《ごまか》して逃げる事だった。

戦術的撤退と言ってもいい。彼女の羞恥に震える姿を視界に収め続けるのは、心臓にとても悪かった。

すぅ、はぁ、と深呼吸をしてから立ち上がって食器をまとめてシンクに運ぶ間に、真昼はリビングのソファに沈み込んでクッションに顔を埋めていた。彼女は彼女で慣れない賛辞に悶《もだ》えているようだった。

そんな姿に、周は小さく「そんな恥ずかしいなら言わなければよかったのに」とこぼしたが、真昼の言葉に少しだけ胸が軽くなったような気がする。

肯定された事に、少なからず安堵《あんど》してしまったのだろう。

それを自覚しつつもやはり恥ずかしいものは恥ずかしいので、冬場なのに冷水を使って無心で皿を洗う周だった。

『ねーねー周、天使様借りていい？』

千歳から電話がかかってきたのは、新学期が始まって三日経《た》った頃の夕食後だった。

普段ならばアプリのメッセージでやり取りをするのだが、何故か知らないが電話をかけてきた上、周に真昼の事を聞いてくるのだから意味が分からない。

借りていいと言われても周のものではないし、時間をもらうなら本人に聞くべきだろう。

「俺に聞くなよ。椎名《しいな》に聞け」

『今周の横に居る？』

「……居るけど」

『じゃあ明日放課後一緒にあそぼー？　って聞いてみて』

「自分で聞け」

連絡先聞いてないのかこいつ、と思ったが、クリスマスの時は千歳が真昼に構うのに一生懸命でそんな暇なかったな、と思い出す。

それで、確実に連絡先を知っていて頻繁《ひんぱん》に側に居る周に連絡を取ったのだろう。

千歳の考えは理解出来たが、こちらは伝書鳩《でんしょばと》ではないんだぞと言いたい。

とりあえず本人と会話した方が良いだろうという事で、隣で不思議そうにしている真昼に手渡して「千歳が話あるって」と告げ、ソファの背もたれに体を預ける。

真昼は困惑しているようだったが、素直に受け取ってスマホを耳に当てていた。

「お電話代わりました。……え、明日ですか？　は、はい、特に予定はないですけど……」

おそらく千歳の弾丸トークに押されているんだろうな、と真昼が困っている様子を見ながら苦笑。

嫌がっている気配はない。ただひたすらに唐突《とうとつ》な申し出に驚いていて、どうしたものかとおろおろしている、といったところだろう。

ちらりとこちらを見てくるので「俺はお前の判断に任せるよ。俺じゃなくてお前と遊びたがってるんだし」とだけ返しておく。

一応たまに真昼も友人と遊んだりはしているらしいが、ほんの数時間で帰ってきて食事の準備の方を優先している。

なので、彼女も息抜きとかをするべきだと思った。千歳の押しが息抜きになるかはさておき。

「は、はい。……あの、でしたら誘いをお受けしようと思うのですが……」

周の一言に決心がついたのか、電話の向こうの千歳にそう告げると「やったー！」という声がこちらにも聞こえてきて真昼が反射的にスマホを耳から離していた。

テンション高すぎだ、と呆《あき》れつつ笑えば、真昼とも視線が合う。

彼女も困ったような、それでいてほんのりと安堵《あんど》と喜びの見える小さな笑みが浮かんでいた。

声が収まったところでまたスマホに耳を当てて会話を再開している。

その様子が微笑《ほほえ》ましかったので、周は小さく笑って彼女を見守った。

「ありがとうございます。お返ししますね」

通話を切ったところでスマホを丁寧《ていねい》に返却された。

どうやら話はまとまったらしく、明日千歳に連れられてどこかに行くらしい。

「急だったろ。千歳は大体そうだ」

「ま、まあ驚きはしましたね」

「悪いやつじゃないんだよ。ちょっと強引なだけで」

ちょっとどころではないような気がしているものの、マイルドに評した。決して悪い人間ではないのだが、少々押しが強いのだ。

真昼もそれは分かっているのか苦笑しているが、嫌そうではないのでよかった、と思う。自分の親友と言って差し支《つか》えない男の彼女と気が合わない、というのはよくある事とはいえ少し悲しいものだ。

「明日はこっち気にせず楽しんでこいよ」

「はい」

「……ああそうだ」

「はい？」

楽しんでほしいが、一つ注意しておかなければならない事があった。

「セクハラされたら遠慮なく殴っていいからな。あいつ、うちの母さんに似て可愛《かわい》いもの綺麗《きれい》なもの好きだし、お前みたいな美人相手だとすげえ触りたがるから」

一応前回は止めたが、本当に千歳は可愛いもの好きだ。

真昼の誕生日の際はその慧眼《けいがん》を頼ったが、真昼と二人きりにさせるのはほんのりと不安がある。

真昼はこれぞ美少女といった風貌《ふうぼう》の少女だ。町を歩くだけで人目を惹《ひ》くくらいには可愛らしく麗《うるわ》しい。

ナンパにも注意してほしいが、千歳の魔の手からも注意が必要なのだ。

「まあ嫌がったらしてこないとは思うが、中途半端《ちゅうとはんぱ》な拒《こば》み方だと調子に乗ってべたべたするから気を付けて……ってどうした」

「……なんでもないです」

きゅっと唇を閉じる様子が見えたので首をかしげたが、真昼は何を思ったのかは口に出さず静かに視線を逸らした。

真昼が千歳と遊ぶ事になった日は、周もさっさと家に帰って久々に静かな時間を過ごしていた。

最近は真昼が割と側にいるので、こうした一人の時間は休日程度。

それも真昼が昼食を作ってくれると申し出てくれた時には甘えているので、一人で過ごす事が少なくなったのだ。

もちろん、それは嫌ではない……というか心地よさすら覚えているのだが、たまにはこうして一人の空間もよいものだった。

少しだけ、隣が寒い気がするが。

(何だかんだ真昼もすっかりうちに馴染《なじ》んだんだよなあ)

もう居るのが当たり前といった感覚なのだが、実際は関《かか》わるようになって数ヵ月しか経っていない。

それなのに何年も共に過ごしてきたような距離感になっているような気がするのは、余程相性《あいしょう》がよかったのだろう。

過度に干渉《かんしょう》せず同じ空気を味わう程度といった距離感が、周には心地よかった。

困った事に、手放したくないと思えるくらいに。

(我ながら単純なもんだ)

明確な好意と言い切るには熱はなく、かといってただの隣人兼友達と言うにはあまりにも独占欲がありすぎる。

友達以上の好意はあり、それでいて恋愛対象としてはまだ小さな灯火《ともしび》でしかない。それを自覚して、何とも言えないむず痒《がゆ》さを感じる。

これ以上真昼に好意の天秤《てんびん》を傾けると、おそらく後戻りは出来ない。

なので、周は僅かに灯《とも》った熱を胸にしまい込んで、覆《おお》い隠す。

好意を向けられたところで、真昼は困るだけだろう。

彼女は彼女でそれなりに好意を向けてくれているが、恋愛感情由来のものではまずないと思っている。

というより、こんな世話のやける駄目男を好きになる事なんてあり得るのだろうか。

彼女は自分を肯定してくれたが、それでもやっぱり好きになってくれるなんてまずないと思うので、方向性の違うものを向けても関係がぎこちなくなるだけだ。

胸の中でもどかしさに蠢《うごめ》く感情を抑え付けて、周はそっと窓の方を見る。

冬なので日も暮れるのは早く、空はすっかり闇《やみ》色の帳《とばり》が降りている。

まだ十八時過ぎではあるが、感覚的には夜と言ってもよいだろう。

千歳の事なので夜遅くまで連れ歩くというのはまずないが、それでもこの暗さで見目麗しい女子高生二人を歩かせるというのは些《いささ》か不安だろう。

『いつ頃終わる？』

スマホを肌身離さず持っている千歳にメッセージを送れば、すぐさま『もうすぐバイバイするよん』との返事があった。

千歳も放課後に長く遊ぶつもりはなかったのでほっとしつつ、更にいつ頃駅につくかと聞いておき、周はソファから立ち上がって洗面所に向かう。

（こないだのワックスまだ残ってるよな）

あまり気乗りはしなかったが、真昼と外で会うつもりなら仕方がない。

基本的に自分ではしたくないが、両親から自分を魅せる術《すべ》は一通り叩《たた》き込《こ》まれている。あの時の髪型くらいは再現出来るだろう。

鏡を見れば、いつもの根暗そうな自分が映っている。

その野暮《やぼ》ったくて垢《あか》抜けない自分を自らの手で変えるべく、周はワックスを手にとった。


真冬と言えるこの季節、それも日が差さなくなった夜は気温が低い。

防寒面と装飾性を考えてライトグレーのセーターにネイビーのピーコート、裏起毛の黒スキニーを合わせているが、それでも地味に寒いので制服にコートの真昼はどれだけ寒い事か。

真昼は冬場に厚手のタイツをはいているとはいえ、女子高生らしく校則違反や下品にならない程度の丈にしてあるスカートは、見ていて非常に寒そうなのだ。下にジャージを着せたくなる。

たまにすれ違う女子高生も無駄に短いスカートを揺らしているので、美に対する女子高生の努力は恐ろしい、と痛感した。

そんな事を考えながら、真昼からもらったマフラーに口許《くちもと》を埋めつつ足早に最寄り駅に向かう。

どうやら大型商業施設に出かけたらしく、電車を使ったようだ。最寄り駅から自宅は徒歩圏内であり、千歳情報ではもうすぐ電車が到着する筈なのでちょうどいい頃合《ころあ》いだろう。

歩けば風にセットした髪が軽く揺られるものの、崩れるまでは行かない。

ぐしゃぐしゃになったら流石に直さないといけないので億劫《おっくう》だ。日頃《ひごろ》からおしゃれしている人間は尊敬ものである。

そんな事を考えながら黙々と歩くと、駅が見えてきた。

マンションの方向から考えてこの出入り口に姿を現す筈なので、出入り口付近で待っていれば確実に真昼と出会えるだろう。

出入り口の壁に背を預け、時間を確認しつつ真昼を待つと、ほどなくすれば見慣れた亜麻色のストレートヘアの少女が駅から出てきた。

「真昼」

声をかけると、聞き慣れた声だからか警戒なく振り返って——そして、周を視界に収めたであろう瞬間に固まった。

「え、……はい？　な、なんで」

なんで、というのはこの格好の事だろう。

迎えに来る事自体は恐らく千歳から伝わっていただろうが、初詣《はつもうで》以来の姿で来るとは想定してなかったらしい。

流石に、周も普段の適当な格好にいつもの髪型のまま来ようとは思わない。

もし周りに見られて謎《なぞ》の男と周をイコールで結ばれても困るし、真昼の隣を歩くならそれなりに格好をつけないと真昼まで軽んじられる。

変装目的ではあるが、真昼の隣に並べる程度にはやはり着飾るべきだろう。

「自分で出来ないと思ったか。流石に普段着で迎えに来る訳にいかないだろ」

「……そうですけど」

「似合ってないか？　一応鏡で確認したけど、変かな」

普通に無難な組み合わせで髪型は先日の初詣とそう変わらないものなので、おかしくはないと思っているが、美的センスに優れた人間からしてみたら駄目なのかもしれない。

たまにちらちらと視線を感じたのは、もしかしたらおかしかった、という可能性もある。

それなりに格好つけたけどダサかったのか、とちょっとショックを受けかけたが、真昼が慌てて首を振って「似合ってますっ」と肯定してくれたのでほっと息をつく。

「それならいいんだ。ほら、もう暗いだろ。一人で帰るのは危ないし」

「……そ、それは分かってます、けど」

「それとも、迎えにこられるのが嫌だったか？　並んで歩くのが嫌なら後ろについてきてくれたらいいよ。俺は少し前歩くから」

「い、嫌とかは、言ってませんっ。あの……ありがとう、ございます」

「ん」

嫌がられてはいないようなので安心しつつポケットから手を出して差し出せば、おずおずと重ねられる。

寒さからか、想定より随分とひんやりした感触が伝わってきた。

「つめたい。手袋どうした」

「今日は洗っていたのです。周くんこそどうしたんですか」

「俺はポケットに手を突っ込んできたから」

ポケットに入れてやって来たなんて良い子は真似《まね》しないでほしい方法でここまでやって来たので、あまり偉そうな事は言えない。

それ以上は何も言わず、ただ冷たくなった華奢《きゃしゃ》な手を包み込むように握った。

真昼の手は、本当にか細くて、繊細で、頼りない。

簡単に周の手で覆《おお》えてしまう。

「……あたたかい」

小さく呟《つぶや》いて、真昼は笑うように瞳をへにゃりと細めた。

その無邪気な表情にどきりと心臓が跳ねたものの、表には出さずにただ握った手を意識するだけに済ませる。

手を握ったついでに彼女が千歳とのお出かけで買ったらしい何かの袋と鞄《かばん》をさりげなく真昼の手からするっと手に取り、そのまま歩き出した。

ちら、と見上げられたので「何だよ」と返す。

真昼はじーっと周を見ていたものの、やがてふいっと視線が逸れた。

ほんのりと耳と頬が赤いのは、寒さのせいなのか、視線を合わせすぎたせいなのか。

「ほら、帰るぞ。途中でコンビニ寄るか？　今の季節はにくまんうまいぞ」

「……あんまんがいいです」

「甘いの好きだなお前。……晩ごはんどうする？」

「味付け卵とチャーシューとメンマ用意してますからラーメンです」

「寒い日にラーメンも乙《おつ》なもんだなあ」

「そうですね」

冷蔵庫を覗《のぞ》いていないので分からなかったが、どうやら用意していたらしい。

流石にスープと麺《めん》は市販品だろうが、具材はしっかりと手作りで、肉厚チャーシューとしっかり味の染《し》みた半熟卵を想像すると、思わず喉《のど》が鳴る。

きっと、冷えた体に染み渡《わた》るだろう。

「……あんまん食べた後に食べられますかね」

「ならあんまん半分こしとくか。それなら入るだろ」

「……はい」

提案に淡いはにかみを返されたので、周も小さく笑って握った掌《てのひら》に少しだけ力を込めた。

「椎名さん、また例の男と歩いてるの目撃されてるんだが」

翌日、樹に噂も消えない内に燃料足してどうすんだ、といった眼差《まなざ》しを向けられて、周は知るかよとそっぽを向いた。

第5話　天使様の体調不良

もうすぐ二月に入ろうかという金曜日の事だった。

「……ん？」

食後の片付けをしてリビングに戻った周だったが、ふと真昼《まひる》の顔を見たら頰《ほお》が赤い事に気付いた。

暖房の設定を高くしすぎたかと思ったが、いつもと変わらない温度だし、真昼も極端に着込んでいる訳ではない。よくよく見てみれば、表情は覇気《はき》がないしどこかぼーっとした眼差《まなざ》しだ。普段より、呼吸も荒い。

いつも通りを装っているが、これは体調が悪い以外の何物でもない気がする。

そういえば最近は冷え込んでいたし、真昼は優等生が故に教師陣から頼りにされてなにやら忙しそうにしていた。その上で家事をして二人分の夕食を作っているのだ。体調を崩しても、おかしくはない。

もっと気遣うべきだったし、早く気付いてやればよかったと後悔しつつ、真昼の顔を覗《のぞ》き込んだ。

「真昼、顔赤いぞ。熱あるんじゃないのか」

「そんな事ないです」

心配から声をかけてみたが、きっぱりとした声で否定される。

周《あまね》に観察されている事に気が付いたのか表情を引き締めて首を振った真昼だが、頬の赤らみまでは誤魔化《ごまか》しようがない。

これで本人の発言を信じる訳にもいかず、周は失礼だと分かりつつも真昼の前髪に隠されている額《ひたい》に掌《てのひら》を当てた。

予想通り、周の掌よりも随分と熱を持っている。真昼は周に比べると体温がそう高くはないので、ほぼ確定で熱を出しているだろう。

「熱いじゃねえか」

「……熱くないです」

「じゃあ熱測って確かめようか」

「別にないです。余計なお世話です」

いつものツンとした声にも張りがない。

「あのなあ。見るからに熱があるように見えるんだが」

「火照《ほて》ってるだけです」

「じゃあ体温測って証明しないとな」

一度立ち上がりリビングの棚においてある救急箱から体温計を取り出して真昼の元に戻るのだが、真昼は顔を背《そむ》けている。

自分の熱を実感したくないのか、強がりなのか。

恐らくどちらともではあるだろうが、熱を測ってみない事にはこちらも対処しようがない。

そっぽを向いている真昼の正面に立って、真昼の掌に体温計を載せる。

「真昼、俺《おれ》に服緩《ゆる》められて脇《わき》に体温計挟まれるのと、自分で計るの……どっちがいい」

大真面目《まじめ》な声を作ってそう言ったら、真昼が「う」と呻《うめ》いて、それからソファの背もたれの方に体を向ける。

観念してくれたらしく体温計を起動する音が聞こえたので、周も念のため真昼に背を向けて待っていたら、再び電子音が聞こえた。

すぐには振り向かず真昼が衣服を整えるのを待ってから振り返ると、既にケースにしまったらしい体温計を持った真昼が表情を消してこちらを見ている。

「……三十七度二分です。微熱ですね」

「ふーん」

「微熱ですし、まだ今日はやる事あるので……」

周は体温計を真昼の手から取り上げて、もう一度ケースから取り出す。

周の持っている体温計は前回測定の温度を記録するタイプのものであり、再度起動したら

——真昼の申告から一度以上高いものが表示されていた。

「ほう、俺には三十八度四分に見えるんだが」

目を逸らされた。

「あのなあ。お前俺に散々休ませときながら自分は無茶するのか。明日明後日休みなんだから大人しくしとけよ」

周が風邪を引いた時は周を寝かせて着替えさせたりお粥を出したりしていたのだが、自分の時は何もしないというのはいかがなものだろうか。

周は割と頑丈なので寝ていれば治ったが、真昼が休まずに動いていたら治るものも治らない。真昼も休むべきだし、そもそも病人は大人しくしておくものである。

しかし真昼は目を逸らしたまま。休めという言葉に頷《うなず》いてくれそうもない。

（……強情だな）

仕方ない、と周は真昼に手を伸ばした。

やはりというか、熱でいつもよりやや頭の回転が遅そうな真昼は反応が遅れた。

抵抗されないならちょうどいい、と周はそのまま真昼の背中と膝裏《ひざ》に手を回して持ち上げた。

寄りかからせるように横抱きにした周は、真昼のポケットからチャリンと鍵《かぎ》が揺れた音を確認してから玄関に向かう。

「え、あ、周くん……？」

ようやく抱えあげられた事を認識したらしい真昼が、腕の中でうろたえた声を上げる。

周が一度止まって真昼を見下ろすと、真昼は熱で赤い頬のまま混乱した瞳《ひとみ》で周を見上げていた。

「絶対無茶するから寝るまで見張っとく」

「お、女の子の部屋に入ると」

「嫌なら俺の部屋で寝る事になるけど」

「……放ってくれるという選択肢は」

「最初に素直に休んでくれる様子が見えたならあったな」

周も幾ら親しくなった相手とはいえど、女の子の自宅、それも自室に入って寝るまで見張るなんて失礼だと思うしなるべくしない方がいいと分かっている。

だが、この調子だと真昼は家に帰っても何かしらする。この様子を見れば確かだ。

真昼も昔周の家にやや強引に入ったので、今回ばかりは周も同じように強行手段を取らせてもらうしかないだろう。

「さ、どっちがいい。俺の家か、真昼の家か」

「……どっちも嫌といったら」

「その場合強制的にお前の家入ってベッドに放り込むからな」

「……周くんの部屋でいいです……」

どうやら自室に入れたくないらしく、諦《あきら》めて周の部屋で休む事を選んだらしい。

女性が異性を部屋に入れたくないのは分かるしその選択に異を唱える事はしなかったが、そこまで渋るくらいなら最初から素直に家で寝ていてほしかったものである。

ため息とも安堵《あんど》ともつかない息を吐き出して、真昼を寝室に連れていく。

真昼がここに入るのは正月以来だ。

ひとまず真昼をベッドに下ろして、自分のタンスを漁《あさ》る。流石《さすが》に今の格好で寝かせる訳にもいかないし、汗をかいてもいい服に着替えておくべきだろう。

なるべく小さめのシャツとスウェットの下を選んで真昼の側《そば》に置く。

「ほい。これ着替えて」

「……でも」

「脱がすぞ」

「着替えます……」

当たり前だが脱がされるのは断固拒否な真昼は、渋々着替えを手にする。

周としても着替えさせるとか羞恥《しゅうち》で死にそうになるだろうし、真昼に嫌われる事も確実なので、実行に移したくない。従ってくれてほっとしていた。

流石に着替えるのを見る訳にもいかないので、周はさっさと部屋から出て常備しているスポーツドリンクを棚から出しておく。

自分が風邪を引いてからレトルトのお粥とスポーツドリンクは備えるようになっていて、今回非常に役に立っていた。

買い置きの冷却シートとスポーツドリンク、タオルと薬を持って自室の扉をノックすると、小さく「もう着替え終わっています」と返事があった。

中に入れば、着替えてベッドの上で上半身を起こした真昼がこちらを見ている。やはり小さいサイズのものでも真昼には大きかったのか、ぶかぶかという言葉が似合いそうな姿だ。

こういったサイズの合わない服を着ている姿は可愛《かわい》らしかったが、そんな事は頭から追い出してサイドテーブルにスポーツドリンクとタオルを置く。

「薬も飲むか？　市販薬だけど」

「……はい。私の家にもそれあるので大丈夫だと思います」

「ん」

一度キッチンに戻ってコップに水を注《そそ》ぎ、ついでに冷凍庫《れいとうこ》から氷枕《こおりまくら》を取り出す。備えあれば憂いなし、という言葉を思い出して、まさにその通りだと苦笑した。

さっさと部屋に戻って真昼に手渡し、薬を取り出して彼女の空いている掌に渡す。

「それ飲んで水分しっかりとって寝ろ」

真昼が薬を飲む間に氷枕をタオルで包んで枕元《まくらもと》にセットしていると、真昼が小さく「……てきぱき」と呟《つぶや》く。

「お前がやってくれた事やり返してるだけだがな」

基本的には真昼の看病を思い出してしているだけである。自分が元気なのだから、これくらいはしてやって当然だろう。

「つーか、なんで無理しようとしてたんだよ」

「……自己管理出来てないって事ですし」

「自己管理してても引くもんは引くし、お前はいっつも何か頑張ってるんだから体が疲れてたんだろ。まあそれが俺のせいなのはほんと申し訳ないというか」

夕食を真昼に作ってもらっているので、どうしても真昼に負担はかかる。真昼は自分の事もしなくてはならないのにこちらの世話を焼かせているので、とても申し訳なく思っていた。

体の疲労も熱に繋《つな》がっているように思えるので、なるべく気遣いたいし休ませたい。

「……周くんの事は、負担だと思った事はないです」

「そうかよ。……だとしても、いい機会だと思ってゆっくりしろ」

周と共に居る事が負担ではない、と言ってもらえたのは、嬉《うれ》しくもあり、気を使わせてしまったのではないかと申し訳なさもある。

だから、周が今出来るのは、真昼を休ませる事だろう。本当は自宅に帰した方がいいのかもしれないが、何かあっても困るので側で見守りたかった。

真昼はためらいつつも体を横にする。

首から下を布団《ふとん》に埋《うず》めたところで、真昼は周を見上げた。

微妙に恥ずかしそうなのは、これから寝るのに寝顔を凝視されるのは嫌だという事だろう。女の子の寝顔はあんま見るものじゃないよな、と真昼から離れようとして、何かに袖《そで》が引っかかる。

何だと袖に視線を落とせば、真昼の小さな手が周の袖を摑《つか》んでいた。

目を丸くして真昼を見れば、本人も無意識だったらしく自分の手を見て離し、慌てて布団の下に潜り込ませる。

カラメル色の瞳は不安に揺れていたものの、それを隠すように布団を顔まで上げる。

「……おやすみなさい」

か細い声で呟いて布団《ふとん》に潜った真昼に、周はどうしたものかと頰をかく。

（……体調悪い時は、不安になるもんだしなあ）

許されるだろうか、と一度布団を軽くめくって、真昼の掌を見つけて捕まえる。

優しく握れば、真昼が布団から顔を出して困ったような表情を浮かべる。ただ、それは嫌だからというよりは、恥ずかしさから来ているようなものの気がした。

「……子供じゃないですからね」

「知ってる。逃げないように捕まえて見張ってるだけだから、気にすんなよ」

「……この期《ご》に及《およ》んで逃げません」

「どうだか。寝たら離してやるから安心しとけ。ほら、離してほしけりゃさっさと寝ろ」

わざと素《そ》っ気《け》なく告げる周に、真昼は素直にもう一度布団に潜った。

握った掌が、周を求めるように僅《わず》かながら握り返してくるのを感じて、こそばゆい感覚を覚える。

嬉《うれ》しいようで恥ずかしく、そして何故《なぜ》だか焦《じ》れったさを覚えた。

胸を指先でくすぐるようなもどかしさを感じながら、周は真昼が穏やかな寝息を立てるまで細い指を握り続けた。


翌朝、ソファで目を覚ました周は、微妙に凝った体をほぐしつつ時計を見やる。

時刻は午前八時過ぎ。休日であるし本格的に活動する時間でもないが、真昼の様子を見たいのでそろそろ活動すべきだろう。一応夜中に軽く様子を見て安らかそうな寝顔を見せていたのは確認したが、どうなったかは分からない。

背伸びをしつつ立ち上がって、静かに自分の部屋に向かい音を立てずに開ける。

ノックしなかったのはまだ真昼が寝ていると思ったからなのだが、扉を開けると真昼が上半身を起こしていた。

まだ、ほんのりと頬が赤いものの、昨日ほどではないだろう。

真昼はどこかぽやっと緩い表情ながらも、周の姿を見て目を細めた。

「おはよう。調子はどうだ。嘘《うそ》はなしな」

「……まだだるいです」

「そっか。俺、コンビニ行って朝ご飯と真昼が食べられそうなもの買ってくるから」

一応お粥もあるのだが、病人にはゼリーや桃缶といったイメージがあるし食べやすいだろうから買ってくるつもりだった。

思ったよりも元気そうだったので安堵《あんど》しつつ、着替えをタンスから出してまたベッドに置いておく。

「着替え置いとくから。熱も測っとけよ。汗拭きたいならそこの洗面器に入れた水とタオル使ってくれ」

夜中に軽く顔の汗を拭《ふ》く時に入れておいた水を指でさして、周は部屋を出た。

財布を持って、家を出る。

ゆっくりとした足取りなのは、熱で動きが緩慢な真昼が着替えたり汗を拭いたりする時間を確保するためだ。コンビニはマンションからかなり近い位置にあるのでものの数分で行き帰り出来るのだが、ある程度時間をかけて買い物を済ませる事にする。

たっぷり二十分ほど時間をかけて買い出しを済ませた周が帰宅して、要冷蔵のものを冷蔵庫にしまってやっと真昼の姿を見に行けば、真昼は着替え終わって周を待っていた。

頭も覚醒《かくせい》してきたらしく、昨日よりも元気な様子の真昼に小さく笑う。

「熱は？」

「三十七度五分です」

「ん、まだ微熱あるな。……あんま動き回るなよ」

「わ、分かってます」

「食欲あるか？　お粥家にあるし、プリンとゼリー買ってきたんだけど」

あまり重いものを食べさせる訳にもいかないので小さめでつるんとした舌触りのものを買ってきたのだが、真昼の食欲にもよるだろう。

「その、気を使わせてごめ、」

「謝るなっての。俺もやってもらったんだし。ちなみにプリンとゼリーどっちがいい？」

「……ゼリー」

「あいよ。お粥食べられるか？」

「……はい」

「じゃあ温めてくるから待ってろ」

まだ気に病んでいたらしい真昼に呆《あき》れつつ、周は部屋を出てお粥のレトルトパウチを湯煎《ゆせん》で温めて器に入れて戻る。

本来真昼にされた事をし返すなら手作りがいいのだろうが、周がお粥を無事に作れるか危《あや》ういので無難にレトルトを頼るしかなかった。

手作りには劣るかもしれないが、食べられるものの方が余程いいだろう。

「ほら。自分で食べられるか？」

スプーンを手渡してお粥を受け取るのを待っていた周が悪戯《いたずら》っぽく問いかければ、真昼がむっと眉《まゆ》を寄せる。

「馬鹿《ばか》にしてるのですか。もし食べられないって言ったら食べさせてくれるのですか」

「え、そりゃまあ……」

食べさせろというなら食べさせるが、と付け足した周に、真昼は熱がぶり返したように顔を赤らめた。

「……じ、自分で食べます」

「お、おう」

周から器を受け取ってちみちみ食べ出す真昼だったが、結局食べ終わるまでその赤らみがなくなる事はなかった。

食後まだ食欲はあるそうなのでゼリーを出して食べ終わったところで、一息つく。

ひとまず大分体調はよくなったらしいので、あとは休んで体力を回復するくらいなものだろう。真昼も比較的元気そうな顔を見せているので、周も安心だった。

「あと、何かしてほしい事、あるか？」

「……今は、ないです」

「そっか」

それならもう一休みしておいた方がいいだろう、と部屋を後にしようと立ち上がると、真昼がゆっくりと顔を上向かせた。

揺らいだ瞳がまっすぐと、どこか乞《こ》うように周を見つめる。

そのカラメル色の瞳にはまた不安のようなものが縮こまって収まっているような気がして、周はついその場に座ってしまった。

「……周くん?」

「何でもない」

寂《さび》しそうだったから、と素直に言ったら、おそらく真昼はそんな事はないと否定して周を追い出すだろう。

だから、周は黙ってベッドの側に座ってベッドで上半身を起こしている真昼を見上げる。

「暇だろどうせ。少し眠くなるまで、話でもしておくか」

「……はい」

ベッドにもたれつつ笑ってみせれば、真昼も安堵したように淡く微笑《ほほえ》んだ。

「……私、誰《だれ》かに看病してもらうの、初めてです。……小雪《こゆき》さんも、時間になったら、帰っちゃうし」

「小雪さん?」

「実家に居た頃の、お手伝いさんです」

「ああ、料理教えてもらった人」

「……朝と夜は、いつも一人だったから……」

「今日のところは俺が居るよ。早く元気になってもらわないと、俺が困るし」

「……すみません、ベッド占領して。ご飯だって……」

「そういう意味じゃない。……嫌だろ、いつも一緒に居るやつが元気ないの」

親しくなってからそう時は経《た》っていないといえど、これからもしばらくの間は一緒の時間を過ごしていく予定の人間が体調を崩していたなら、心配になるのも当然だ。

お世話になっていようがいなかろうが、友人の心配をしない訳がない。

「そもそも人の病気を喜ぶような人間じゃないよ」

「……周くんが優しい人な事くらい、知ってます」

「さようで」

優しいと真正面から言われるのは微妙にくすぐったくて、気恥ずかしい。

「もうそろそろ寝とけ。……寝飽きるくらい寝てたら元気になるよ」

「……はい」

「今回も寝るまで見張っておこうか？」

照れ隠しに茶化《ちゃか》すように言ってみれば、真昼はぱちりと瞳を瞬かせる。

「……じゃあ、そうしてもらいます」

「え」

「周くんが言い出したんですよ」

「そうだけどさ」

まさか、承諾されるとは思っていなかった。てっきり真昼は顔を真っ赤《まか》にして拒否するのだと思っていてつい目を丸くすると、逆に真昼が悪戯《いたずら》っぽい笑みを浮かべる。

「それとも、男に二言があるので？」

「……ないよ。ほら」

これは一枚向こうが上手《うわて》だったな、と小さく唸《うな》って真昼の手を握ると、真昼は身を倒して布団に潜り込む。

それから、周に掴《つか》まれた手を見て眼差《まなざ》しを柔らげる。

「……あったかい」

「お前は大分熱が下がったな、温《ぬる》くなってる。……さっさと寝ろ」

「はい」

一度周の手を握って、周が居る事に安心したように穏やかな表情を浮かべて、瞳を閉じた。

ほどなくすれば、真昼から一定のリズムで寝息が聞こえてくる。

（……この、馬鹿《ばか》）

もう片方の掌《てのひら》で顔を覆《おお》って、呻く。

弱っているせいなのだろうが、こうして甘えるように触れる事を求めてこられて、周はとても平静を保てなかった。心臓はうるさいくらいに音を立てているし、顔は真昼の熱を移されたように熱い。

これではどちらが熱でやられていたのか分からないくらいに、周は体を火照らせていた。

(……ほんと、心臓に悪いやつめ)

ちらりと真昼の顔を窺《うかが》えば、周の葛藤《かっとう》なんて知らず、安心しきった寝顔をさらしている。

ったく、と小さく唸《うな》って悪態づいて、周はもう一度ベッドに顔を埋めた。

自分のベッドなのに、少しだけ周とは違う甘い匂《にお》いがした。

気が付くと、側に温《ぬく》もりはなかった。

握っていた筈《はず》の手も今はほどかれていて、周は一人ベッドに顔を伏せていた。

慌てて顔を上げても、ベッドに真昼の姿はない。

サイドテーブルの時計を見れば十四時を示していて、あの後爆睡したのだと気付く。夜中に真昼の様子を見るために起きたりしていたせいかもしれないが、まさかこんなに寝ているとは思わず周は焦《あせ》りながら立ち上がってリビングに向かう。

足早に移動すれば、リビングのソファで真昼が姿勢よく座っているのが見えた。周が寝るまで見ていた周のシャツとジャージ姿ではなく、真昼の私服姿になっているのは、おそらく一度家に帰ったのだろう。

「周くん、おはようございます」

「おはよう。起きたら居ないからびびった」

「すみません。軽くシャワー浴びてきたんです」

だから着替えていたのだろう。お風呂《ふろ》に入るくらいには元気になったようで安心しつつ、一応真昼の額に掌を当ててみるが、もういつも通りの体温に戻っていた。

「ん、熱もなさそうだな。よかった」

「……ご心配をおかけしました」

「全くだ。次からは素直に言わないとまた同じ事をするぞ」

真昼の隣に腰かけつつ告げると、真昼は困ったように眉を下げた。

「気を付けますけど……周くん、また迷惑かけても怒らないのですか」

「迷惑？」

「看病とか……」

「迷惑なんて思う訳ないだろばか。俺がそんな薄情に見えるのか」

「……そんな事ないです。ただ、頼っていいのかなと思っただけで」

「頼れることは頼っとけ、お前なんでも抱え込むタイプだろうし」

数ヵ月一緒に居ただけだが、それでも真昼の気質はよく分かっている。

彼女は、基本的に人には頼らないし内側に全《すべ》て抑え込んで表に出そうとはしない。壁を作り踏み込まないでほしいと他者と自分を隔てようとしているからだろう。

「まあ、俺が信用ならないなら頼れないってのも分かるが」

「そ、そんな事はないです！　周くんは、ちゃんと信じてます」

「ん。なら無理せず頼れよ」

つい真昼の頭をくしゃりと撫《な》でてしまって、固まった真昼に後からやってしまったと気付く。

「ごめん。嫌だったな」

「……そういう訳じゃ、ないです」

掌を振りほどく意図ではなく否定の意図でゆるりと首を振った真昼は、そのまま周の二の腕に額を預ける。

かすかに体重がかけられ寄りかかられてこちらの心臓が跳ねたが、それはおくびにも出さすにもう一度頭を撫でると、本当に小さく「……ありがとうございます」という囁《ささや》きが聞こえた。

第6話　バレンタインデー

　二月に入ってようやく真昼《まひる》の「謎《なぞ》の男、彼氏疑惑」も収まりを見せてきた。

　迎えに行った時に目撃されてうっかり燃料を投下してしまったものの、一応の鎮火《ちんか》にまではたどり着いた。

　それでも「恋人ではないが真昼とかなり親しい男」という認識は根付いてしまったらしく、真昼がその男を想《おも》っているという事実無根の噂《うわさ》も流れたりしたが……本人がにこやかに、そして追及を許さない笑顔で否定したようで、何とかそちらも収まりつつあった。

　その様子を廊下で目撃していたらしい千歳《ちとせ》から「有無を言わさない威圧感があった」と聞いたので、余程嫌だったのだろう。

　まあそれは当然ではあるが、そこまで全力で否定されると感情としてはほんのり悲しいものがある。ただ、仕方がないとも思っていた。

　向こうとしては恋愛感情抜きにただ親しみを感じてくれているのに邪推されれば、そりゃあ怒りたくもなるだろう。

周《あまね》としては苦笑いを浮かべるしかなかった。

「二月と言えば？」

「学年末考査」

「ねえ、何で華の男子高校生がそんなしみったれた発想になるの？」

放課後周の家にやってきた、というか押しかけてきた千歳は、周の返答に呆《あき》れを隠していなかった。

なにやら相談があるとかなんとかでやってきたのだが、気のせいか真昼と遊ぶためにいる気がしなくもない。

ちなみに真昼はキッチンでお茶を淹《い》れているため、リビングには周と千歳しか居ない。

「男子高校生に華があるかは知らんが、学生なら当然の発想だと思うんだが……」

「青春してる男子高校生ならバレンタインって言う筈《はず》でしょ？」

「青春してないので分からんな」

「またまたー」

噂は真実でないと分かっている筈なのににやにやとこちらを見てくるので、周は一度睨《にら》んでおく。

それでも千歳の笑みは止まらないので、もう諦《あきら》めるしかない。

「で、相談って言うのは？」

千歳がわざわざ周の家に来た理由だが、樹《いつき》を除いて周と真昼に相談があるとの事。

「んー。いっくんにあげるチョコレートどうしようかなって。中学の時はね、ふつーに溶かして固めたものあげてたんだけどさ、やっぱ高校生だしもっとおしゃれなの作りたいなーって」

「それなら椎名《しいな》の意見だけで充分だろ」

料理の出来ない周にチョコレートどうしようと言われても、分からないと答えるしかないのだ。精々樹の好みを答えるくらいだが、そんなもの千歳の方が付き合いが長いので分かりきっているだろう。

「まひるんにも聞くけどさ、周も一応男だからねー。男の意見を聞いておこうかと」

「一応じゃねえよれっきとした男だよ」

「男なら女の子と二人きりの時手を出すと思うよ」

「あのなあ。そういうのは交際中に合意を得てするもんであって、そもそも俺《おれ》らはそういう関係ですらないから」

「周ってそういうところ育ちがいいというか良識的だよねえ」

良識的と評されたが、普通の考えだと周は思っている。

確かに男は好きでもない女性と行為に及《およ》ぶことは出来るが、出来るとするはまた違うのだ。

それも、無理矢理、というのはまずあり得ない。

真昼に対してそういった欲求がわかないと言えば嘘《うそ》になる。外見も内面も魅力的な女性が側《そば》に居れば、当然男特有の欲求も多少なりと湧《わ》くのは仕方のない事だと思っていた。

それでも何かしよう、なんて愚かな考えはまず浮かばない。

真昼には、泣かせたくない、嫌われたくない、大切にしたい――そういう感情が、真っ先に来るのだから。

あと、何かすれば社会的にも急所的にも大打撃を与えると宣言されているのに、その場の欲で手出しするほど愚かではない。恐らく彼女は遠慮なくする。

「まあそれが周のいいところというかまひるんの信頼を得るに至ったところというか」

真昼の事をまひるんと可愛《かわい》らしい響きのあだ名をつけて呼んでいる千歳。

真昼はキッチンで聞いているのに否定しないという事は、本人は渋々か快くかは分からないがあだ名には納得しているのだろう。

まあ、天使様と面と向かって言われるよりは、真昼的にもマシらしい。

「たまに男なのか疑う」

「男だって言ってんだろ。こんな骨ばって凹凸《おうとつ》もくそもない女が居るか」

「草食系というやつか……周はもう少しガツガツしてもいいと思うよ？」

「俺の見かけでガツガツしてても気持ち悪いだろ」

「例の男スタイルになればいいじゃん。てか見たい」

樹と千歳には真昼の噂の相手が周という事はとっくの昔に理解されている上に先日認めてし

まったので、今更隠しはしなかった。

ただ、わざわざその姿を見せようとは思わないし面倒くさいのだ。

「その言い方はやめろ。というかそもそも嫌だ」

「減るもんじゃないのにー」

「神経とワックスが減る」

「倹約家め！」

けちー！　と頬《ほお》を膨らませている千歳をスルーしていたら、苦笑を浮かべた真昼がキッチンから戻ってくる。

トレイには千歳の要望でミルクティーの入ったカップが載っていた。

ソファ前に置いてあるテーブルに三人分置いた所で、周はソファから立ち上がって近場のクッションと共に床に座る。

真昼に「座っとけ」と目線で促せば、少し申し訳なさそうにしつつも先程まで周が座っていた場所にちょこんと腰かけた。

「そんな噂になるくらいなんだったら学校でもすればモテるのに」

「嫌だよ。面倒確定だし、そもそもモテたいとは思わん」

「えー、折角大イベントのバレンタインがあるのに。周ってバレンタインのチョコレート欲しいと思わないの？　ほら、例えばだけどモテモテなゆーちゃんとかはめっちゃもらいそうじゃん？　羨《うらや》ましくないの？」

「え、嫌だよ糖尿病になるわ」

ゆーちゃんというのは優太《ゆうた》の事だろう。幸い周は餌食《えじき》になっていないが、変なあだ名をつけるのが千歳の癖《くせ》だ。

おそらく王子様こと優太は大量のチョコレートを贈られるだろうが、全部食べていたら体に贅肉《ぜいにく》がつく事間違いなしだろう。

「そもそも、お返しとか考えたら鬱《うつ》になるぞ。門脇《かどわき》は推定でも義理本命込みで二桁《けた》半ばはもらいそうなのに三倍返しって、高校生の財布的に厳しくないか」

「ちゃんと三倍返しする前提なのはえらい。お返しとかは気にしなくていいから私もあげるねー。どんなのがいい？」

「甘いものは好きでも嫌いでもないしな……あんま甘くないやつかな」

「分かった色々仕込んどくね」

「異物混入させんなよ」

「大丈夫食べられるものだから」

「あのな」

何を入れるつもりなのか分からないが、無難に美味《おい》しいものを贈るつもりはないようである。

「まひるんは誰《だれ》にあげるの？」

「クラスの交友のある女の子ですね」

「男の子にはあげないの?」

「……あげると、義理でも大変な事になりますので……」

「あー」

沸き立つ男子たちが容易に想像出来た。そこから不毛な争いをするのも想像に難くない。

普通の男子からすれば天使様からのチョコレートは最早《もはや》神の贈り物と思っている節《ふし》があるので、あげればとんでもない騒ぎになるだろう。

恐るべきは真昼の人気か、男子の思い込み力か。

まああげないのが無難だよな、と苦笑しながら納得する。

「千歳さんにもあげますね」

「わーいまひるんすきっ。私もあげるねー、周にあげるのとは違うちゃんとしたやつ」

「おいこら」

破顔して真昼にぎゅっとくっついている千歳。

セクハラでない手付きなのでほっとしつつも、聞き捨てならないと千歳にじろりと強い視線を向ければ、へらっと気の抜けたような笑みが浮かんだ。

「冗談だよー。周にもちゃんと食べられるやつあげるよ?」

「それ食べられると美味しいは違うやつな気がする……」

確実に何か仕込む気満々の千歳に頭痛を覚えて額を押さえれば、千歳は愉快げなのも隠そうともせず「楽しみにしといてね」と周に笑いかけるのだった。

バレンタイン当日は想像通り学校中が騒々しく、みな落ち着かないような雰囲気だった。

男子達はそわそわと何かを期待しつつも興味なさそうに装っている人間が多い。

本日はチョコをもらえるかもらえないかで男の格が決まる、と思っている男が多いので、こんな態度の男子が多いのだろう。

「みんな浮き足立ってるな」

格付けはどうでもよい周としては大変だなと他人事のように思いつつ、周とは別の理由で興味がなさそうな樹に視線を滑らせる。

樹はのんびりとクラスの喧騒《けんそう》を眺めていて、周の言葉に「そうだなあ」とのほほんと返していた。

「彼女持ちの余裕が見える樹さん、今年のバレンタインについての見解をお願いします」

「やはり男子的な心情では今日もらえるか否《いな》かが今後に関《かか》わってくるので必死ですねー。あと、椎名《しいな》さんからチョコをもらえないかとそわそわしてるやつが六割は居ますねー」

「男子には義理チョコすら配らないらしい。収拾つかなくなるから」

「だろうなあ。……ちなみに周くんや、あの人からもらう予定は？」

「知らん。少なくとも俺はその様子を見てない」

真昼は女子にはあげるらしいが男子にはあげないらしいので、周に渡す、というのは期待出来ない。もらえなくても別に何とも思わない。

もちろんもらえたらありがたいとは思うものの、あろうがなかろうがどっちでもいいのだ。

正直なところ周にとってバレンタインは製菓会社の販促《はんそく》みたいなものだと思っているし、そこまで重要なイベントではなかった。

あまり興味がないのが目に見えて分かる周に「淡白《たんぱく》だよなあ」と苦笑をこぼした樹は、周から視線を離してクラスの特に賑《にぎ》やかな方向を見る。

「……しっかしまあ、アレすごいな」

樹が指すアレ、というのは、クラスの女子をほとんど吸い取っている人気者だろう。

甘いかんばせに人好きするような笑みを浮かべた王子が集団の中央に居て、ひっきりなしに女子がやってきてはチョコレートの入った袋を渡している。

まだ始業前だというのに、既に本人が用意したらしい手提《てさ》げにはパンパンに贈り物が詰まっていたので、人気のすさまじさが窺《うかが》えた。

「流石《さすが》というかなんというか」

「周りの歯嚙《はが》み具合がすごい」

多分まだ誰からももらえていない男子は遠い目をするか妬《ねた》ましそうに優太を見ている。

格付けされる前からそもそも格の違いを見せ付けられているので、最早どうしようもないだろう。

周からしてみれば、あんなにチョコレートをもらって持って帰るの大変そうだな、とどう処理するのか、といった点が気になるといったくらいなのだが。

「モテる男は辛《つら》いな。あれ持ち帰って食べるの苦労するんだろうな」

「そうだな。しかしそれでも太らないのすげえわ。中学からあんな感じだったけど体型全く変わってないからな」

「流石陸上部。まあ、チョコで太るとか俺には縁のない話だな」

「ちぃはきっちり用意してたぞ。覚悟しとけ」

「なんだよ覚悟って」

「ロシアンだ」

「やめろ何混ぜやがった」

先日のやり取りから普通のお菓子を作る気ではないのは察していたが、余計なものを混ぜ込んだらしい。

「そうだな、ハバネロわさび山椒三位一体《さんしょうさんみいったい》チョコ一粒と梅干し濃縮エキスゼリー入りチョコ一粒、残りは普通のチョコだな」

「何作ってやがるあいつ」

「周には驚いてほしいらしいぞ」

ある意味驚愕《きょうがく》するかもしれないが、ほぼほぼ悶絶《もんぜつ》の意味で、であろう。

「……食べるの怖いわぁ」

「諦めろ。味見したオレも通った道だから」

「お前は面白半分で食べただろうが」

「まあな。ちぃの作るものならなんでも食べるさ」

「バカップルめ」

樹ならば千歳の出すものなら何でも食べるだろう。

そもそも千歳は別に料理が下手という訳ではなく、ただチャレンジ精神に溢《あふ》れるのが問題なのだ。普通に作る時は作るようだが、何かを思い立つと困ったアレンジを施しているらしい。

基本犠牲は樹なのだが、自分にもお鉢が回ってくるとは思わなかった。

まあ樹の反応を見るに食べられなくない範囲に収まっているようなので、過度に恐れる必要はないだろうが憂鬱《ゆううつ》なものは憂鬱だ。

ややげんなりした周に、樹は乗り越えたもの特有の諦めろといった生暖かい眼差《まなざ》しを送った。

「はい周、どーぞ！」

「どーも」

放課後樹を迎えにくるついでに周にチョコレートを渡しに来た千歳に、周は微妙に気が進まなそうに返事した。

もらえるのは、当然ありがたい。

ありがたい、が、中身に劇物が入っているので素直に喜べないというのが本音だ。

残さず食べるつもりなので必ずどこかで例の激辛チョコか激すっぱチョコにぶつかるので、これから数日は戦々恐々しながら食べる事になるだろう。

「いっくんから聞いてると思うけど中身には期待しててね！」

「俺辛いものそんな好きではないんだがな……」

「食べられる範囲には収まってるよ？　私もちゃんと食べたけどあれはあれで美味しかったし！」

「それはお前が辛いもの好きだからだろ……ったく」

周は辛いものをそこまで好んで食べないので、やはり気は進まない。すっぱいものもあまり好きではないため、狙って周の苦手な味を取り入れているのだ。

他は恐らく美味しいものが出来ていると思うので、それだけが救いだ。

「あ、激甘と激苦のも入ってるから」

「事前通告ありがとう」

爆弾をさらっと増やしてくれた千歳には頭を抱えたい気持ちで一杯だった。

激甘は練乳、激苦は恐らくカカオ九十九%チョコレート辺りを使っているだろう。

ただ、それくらいならまだなんとかなる。苦いものは嫌いではない。

樹もそれは初耳だったらしくて「ちぃ……お前ってやつは……」と微妙に頬をひきつらせていたが、千歳は笑顔のままである。

「大丈夫だって、口直しあるだろうし」

「口直し?」

「じゃあ私達はいくねー。ばいばーい」

周の疑問には答えず、樹の手を取って歩き出す。今日はバレンタインデートをするらしい。

樹の「健闘を祈る」という慰《なぐさ》めと激励の言葉を受け取りながら、周は疲れたようにため息をついて手を振って見送った。

彼らの姿が消えるのを見届けてから周もそろそろ帰宅しようとコートを羽織《はお》り、リュックを机横のフックから持ち上げる。

お一人様な事には何とも思わないが、あまり長居しても充実した男女達の気に当てられるだけなので早めに退散するつもりだった。

帰るか、とリュックを背負おうとして、ふと一番学年で充実してそうな男の方を見る。

ようやくプレゼント攻撃が落ち着いてきたらしい優太が机の上に溜《た》まった男子垂涎の品物達を眺めて若干《じゃっかん》遠い目をしていた。机の横に提《さ》げられた袋はこんもりとお宝が詰まっている。

なにを考えているのかはすぐに分かったので、周は同情しつつ彼に近寄った。

「門脇」

「ん、ああ、藤宮《ふじみや》か。何か用か？」

一年近くクラスメイトをしていれば、存在感があまりない周も名前は覚えられている。

自分から話しかける事は業務連絡以外まずなかったため、意外な相手に優太も不思議そうにしている。

そんな態度に周は小さく苦笑して、リュックの前面にある小さなポケットのファスナーを開ける。

「用という訳じゃないが、ほれ」

中からスーパーの袋を折り畳んでコンパクトな三角形に纏《まと》めたものを幾つか取り出して、門脇に投げる。

真昼が「もしもの時に備えて幾つか入れておくと、後々便利ですよ」と言っていたので仕込んであった。エチケット袋やごみ袋として使うだろうと思っていたが、まさか青春の一ページの手助けになるとは仕込んだ時思ってもいなかった。

何なんだと困惑しつつも優太が三角形の塊《かたまり》を広げると、割と大きめなスーパーのレジ袋になる。

流石《さすが》にレジ袋はそう厚くないので破れたりするかもしれないが、そこまでは面倒は見れないので本人になんとかしてもらうとしよう。

「違ったか?」

「い、いや……合ってたけどさ」

「そうか。まあ大変だろうが頑張れ」

恐らくパンパンになった袋を抱えた優太がそのうち校内で目撃されるであろう。

モテる男は辛いな、という感想を抱きつつひらひらと手を振って教室を後にした。


バレンタインとはいえ家ではイベントムードなどある訳がなく、実にいつも通りに帰宅して休んでいた。

夕飯を作るには早すぎるので、隣には真昼が居たが、これっぽっちも浮ついた気配がないし周に何かアクションを起こす様子もない。

もらえるとは期待していなかったので構わないのだが、微妙に悲しみを覚えたのは男の矜持《きょうじ》というやつによるものである。

「今日は学校に甘い匂《にお》いがたちこめてたな」

「バレンタインですからね」

交友のある女子には渡したらしいが男子には義理すら渡さなかったらしいので、天使様に恋している男子達からはひどく落胆した声が聞こえていた。

周的には何故《なぜ》大した関わりがないのにもらえると思うのか……という疑問があったが、期待はやはりしてしまうのだろう。

「まあ、バレンタインとか一部のイケメンだけが関係あるイベントで俺らみたいなぱっとしない男子は関係ないんだけどな」

「悟った風ですね」

「自慢じゃないが本命なんてもらった事がないぞ。千歳からロシアン義理チョコもらっただけだし」

「ロシアン義理チョコ」

「普通のチョコの中に何個か刺激物入りのチョコが混じってるらしいぞ」

激辛激すっぱ激甘激苦とそれぞれ味覚を破壊してきそうな内容物のチョコレートが混ぜられているようなので、食べるのが怖かった。

「またすごいものを……」

「あとで食べるけど悶《もだ》えていたら察してくれ」

「きちんと食べるんですね」

「そりゃ、何だかんだ俺のために用意してくれたんだからな。食べるよ。毒って訳でもないし」

刺激物であれど体に害があるものではないので、作ってもらった事を感謝しつつ食べるつもりだ。

わざわざ時間を割《さ》いてもらったのだから、貰い手はそれを食べるべきだろう。刺激物のせいで非常に気は進まないが。

「……そうですか」

「ま、それ以外はもらってないし、俺みたいな非リアにはバレンタインとか関係ない話なんだよな」

義理チョコを一つもらえただけでも充分だろう。

お返しはどうするかな、と一ヶ月後に待ち構えるお返しの日を考えて困ったように眉《まゆ》を下げた周を、真昼は静かに見ていた。

夕食後、千歳のチョコレートを食べて机に突っ伏した。

千歳からもらった箱には等間隔に仕切りがあり、十二個程トリュフが入っていた。

はずれは四種類。つまり三分の一ではずれを引く事になる。

その内の大外れは激辛の一種類なので、まあそれ以外なら普通に食べられると思って摘んだのだが――この有り様だった。

「当たったんですね」

「……数日かけて食べようとしてこの有り様だ……」

キッチンで飲み物を作っていたらしい真昼が周の様子に気付いて、若干のあわれみを込めた声をかけてくる。

何とか飲み込んだものの、口の中は辛いという範疇《はんちゅう》でなく最早《もはや》痛い。辛味が味覚でないのは重々承知しているが、もうそういう問題ではなかった。

幸いというか、本当に食べられないというものではなく、耐えられるけどきついといった程度に収められている。

鼻に抜けてくるわさび特有のツンとした刺激に、よく揮発成分閉じ込めたなと感心しつつもそこまで手を込めなくていいんだと生理的な涙をこらえつつ毒づく。

鼻と目を攻撃しているのはわさび、舌を焼くのはハバネロパウダー、山椒。強烈な味……というか痛みに、たった一粒でボコボコにされていた。

「ご愁傷《しゅうしょう》様です。考えようによっては先に地獄を見て残りは天国ですから」

そうは言っても、今のきつさがどうにかなるものではない。

早くこの痛みが去ってほしいと心から願う周に、そっとため息の音が聞こえて、コトリと硬質な音が側から聞こえた。

「ほら、口直しどうぞ」

顔を上げれば、側に湯気を立て甘い匂いを放つマグカップがある。

中には、濃い茶色の液体。

「ココア?」

「似てますね。ショコラショー……まあ分かりやすく言えばホットチョコレートです。甘さは控えめにしていますけど、口直しには充分かと」

「助かる……」

今はとりあえずこの痛みを洗い流したい。

マグカップを手にとってホットチョコレートを口に流し込めば、まったりとしたコクのある味が広がる。

チョコレートの甘い香りはするが、甘いかと言えばさほどでもない。ビターといった感じの甘さで、非常に飲みやすくほっと落ち着けるような味だった。

「うまい」

「それはよかった」

淡々《たんたん》と返されたものの、気にせず口の中の痛みを誤魔化《ごまか》すようにホットチョコレートをゆっくりと味わう。

刺激物は大量に入っていた訳ではなく、あくまでガナッシュに混ぜて固めたものをチョコレートで厳重にコーティングしてから粉糖をまぶしていたので、最初のインパクトは強かったが時間が経《た》てば引いてきた。

飲み干す頃にはようやくいつも通りの舌になってきたが、まだひりひりしている。

「はー……ほんとに全部混ぜてやがったあいつ……」

「そんなに辛かったのですか？」

「そりゃわさびハバネロ山椒入れてるからな。ったく……口直しがあったからよかったものの、これ外で食べてたら死んでたわ」

「まあ不幸中の幸いという事ですね」

「まったくだ」

千歳め、と小さく毒づきつつも、彼女なりにサプライズをしようとして作ったのだろうから、あまり責められない。

はずれ以外は恐らくちゃんとした味だろうし、悪意があった訳ではない。人に食べさせるだけでなくて本人も味見の上なので、周は苦笑するしかなかった。

「にしても、珍しいな。ホットチョコレートとか。普段ホットミルクとかだろ？」

「……ええ、まあ」

「これ、もしかしてバレンタインだから作ったのか？」

基本的に真昼はココアよりはホットミルクやミルクティーを飲むのだが、珍しくこういった飲み物を作ったので、やはりというか少し期待を込めて聞いてしまう。

「……まあ」

「ん、さんきゅ。助かったわ」

小さく頷《うなず》かれて、周はそっと安堵《あんど》の吐息《といき》をこぼす。

これで否定されたら自意識過剰みたいでかなり恥ずかしかったのだが、どうやら合っていたようだ。

真昼的にはバレンタインだから折角《せっかく》なので、といった気分なのだろう。イベントにのっかっただけだとは思うが、ありがたかった。

改めて「美味《おい》しかった」と告げれば、真昼がなんだか居心地悪そうに身じろぎしていた。

「どうかしたか？」

「……あの、その」

「うん？」

隣に座って、急《せ》かすと言いにくくなるだろうから優しくを心がけて聞き返す。

あくまでそっと促せば、真昼は抱き締めたクッションに半分顔を埋《うず》めながら、こちらを見上げてくる。

ほんのり背が丸まっていて不安げとも取れる上目使いをされて、つい可愛《かわい》さに頭を撫《な》でたくなった。

小動物のような仕草をする彼女が妙に可愛らしく微笑《ほほえ》ましかったので静かに待っていたのだが、真昼はぷるぷると震えるだけで一向に続きを紡《つむ》ごうとしない。

「……か、帰ります」

それどころか、急に立ち上がって荷物を掴《つか》んだ。

へ、と声を漏《も》らした時にはぱたぱたと足音を立ててリビングから去っていた。

周が固まっている内に玄関が開かれて扉が閉まる音、それから施錠《せじょう》音がして、あっという間に真昼は居なくなってしまった。

あまりの早業《はやわざ》に思わず「ええ……？」と声が漏れてしまう。

（俺何かしたっけ……？）

流石に逃げられるとは思っていなかったので困惑が半分と、もしかして自分は何か彼女の機嫌《きげん》を損ねるような事をしてしまったのだろうか……と不安が胸を占める。

明日会う時に機嫌が悪いままだったらどうしよう、と心配しつつ立ち上がって彼女が消えた玄関を見に行こうとして、ふと自室のドアノブに紙袋が提げられている事に気付いた。

去り際に彼女が持っていた淡いピンク色の紙袋であり、外側にシールで固定されたメッセージカードがある。

『いつもお世話になってますし、日頃《ひごろ》の感謝を込めて』

真昼らしいやや丸みを帯びながらも几帳面《きちょうめん》そうな丁寧《ていねい》な字でそう記されていて、中を覗《のぞ》いてみれば、チョコレート色のリボンでラッピングされたパステルピンクの箱が入っていた。

なんでここに、と思ったものの、すぐにあの時にかけていったのだとも気付く。

どうやら、直接渡すのが気恥ずかしかったらしい。男には渡さないと言った手前もあってかなり躊躇《ためら》ったようだ。

（普通に渡してくれればよかったのに）

そういうところはかなり控えめな真昼に苦笑しつつ、ソファに座って中身を取り出す。

可愛らしいラッピングの施された箱は真昼らしい女性らしさが出ている。

一応もらっていいいんだよな、と微妙に不安になりつつもゆっくりと包装を解いて蓋《ふた》を開けた。

中には、ビニールの個包装に入った輪切りの砂糖漬けオレンジをチョコレートに浸した、いわゆるオランジェットが入っている。

鮮やかなオレンジ色と光沢《こうたく》のある深いチョコレートカラーの対比が目に眩《まぶ》しく、なんとも美味しそうであった。

コーティングに使っているチョコレートもホワイトチョコのバージョンがあったり、果実がレモンのバージョンも一緒に個包装されて入れられているので、飽きがくる事はまずなさそうだ。

オランジェットと一緒に、もう一つメッセージが添えられている。

『甘いものがあまりお好きではないようなので、食べやすいものにしておきました。お口に合えばいいのですが』

そんな風に書かれていて、十日ほど前の事を思い出す。

『どんなのがいい？』

『甘いものは好きでも嫌いでもないしな……あんま甘くないやつかな』

千歳との会話を、彼女はちゃんと覚えてくれていて、好みに合わせてくれたらしい。

真昼らしい繊細な気遣いと、好みを覚えられていたという事と、そもそも彼女からもらえたという事実につい照れてしまい、頬がうっすらと熱を帯びてしまう。

じっと、食べやすいように一つずつ包まれたノーマルのオランジェットを見つめ、手に取った。

艶《つや》やかな光沢をもつチョコレートと鮮やかなオレンジのコントラストが美しいそれをゆっくりと一口分口にする。

口に広がるのは、砂糖漬けオレンジの甘酸っぱさと、ビターチョコレートの甘すぎずほどよい塩梅《あんばい》のほろ苦さ。

双方がそれぞれの味をうまく引き立てていて、見事な調和を果たしていた。

（……美味しい）

市販のものより美味しく感じるのは、恐らく真昼の手作りだからだろう。

そう思って、もう一口かじる。

真昼のオランジェットは、甘酸っぱくて、ほろ苦くて——何故だか、無性に甘かった。

「藤宮、昨日は助かった」

翌日登校した周に、優太があまりに自然に話しかけてきたので、周は固まらざるを得なかった。

昨日は小さな接点があったとはいえ、わざわざあれだけの事でお礼を言いにくるとは思っていなかったのだ。

女子に囲まれている時とはまた違う、人のよさそうな明るい表情で笑っている優太に、話しかけられている周も周囲からちらちらと視線をもらっていて非常に居心地が悪い。

元より注目される事が苦手なので、あまりこういった興味本意の視線でもやはり気後《きおく》れしてしまう。

「ああ、別にあれくらいいいよ。大変だったろうし」

「まあな……」

優太が遠い目をしたので、周も「やっぱモテる男は辛いんだろうな」と同情してしまった。

本人的にはモテている事を自覚しても誇ろうとはしていない。だからこそ周りから好かれているのだろうし、妬む男子達も本気で嫌ったりなどはしていないのだろう。

あれだけの事でわざわざ礼を言いにくる律儀さも好かれるゆえんなのかもしれない。

「とにかく、助かったよ。礼言っときたくてさ」

「別にいいよ、困った時はお互い様ってやつだし」

別に恩を売りたくて親切にした訳でもないし、そんな感謝される事でもない。

気にすんな、と軽く笑えば、優太も少し安堵《あんど》したように小さく笑った。

素の笑みに周りの女子がさざめいたので、そういう笑顔は女に向けてくれ、とちょっと苦笑せざるを得ない周であった。


「お前優太になにかしたのか」

優太が去った後、様子見していたらしい樹が声をかけてくる。

「あまりのチョコの量に途方に暮れてる門脇に、ストックしてたレジ袋渡しただけなんだが」

「あー。想定より多かったんだな。詰めが甘いやつだ」

あの大量のチョコと女子の好意を隣で見ていた樹も周の説明に得心したらしく、同情混じりの苦笑をこぼしている。

あれだけあれば持ち帰りに苦労するだろうな、というのが二人の感想だったので、周が手助けした事も不思議ではない。

周としては、別にちょっとした親切程度なので礼を言われるほどでもないのだが
「まあそれだけだから。別に大した事してないし」

「お前らしいっつーか。……しかしまあ、レジ袋常備とか……所帯染《しょたいじ》みてきてないかお前。スマホでスーパーの広告見てた時はどこの主婦だと思ったわ」

「男だっつーの。まあ、誰かさんの影響なんだろうなあ……」

間違いなく真昼のせいと言えばいいのか、お陰と言えばいいのか。

食費は二人で折半しているので、なるべく安くついた方がいいだろうとネット広告をチェックしたり、その広告で安いものから作れるものを提案したりしている。樹にはそれが余計に所帯染みているように見えるのだろう。

そこらの旦那より余程主婦らしい事をしているかもしれない。料理は真昼に任せっぱなしではあるが。

「家庭的なパートナーが居ていいですのう」

「別にパートナーとかじゃねえよ。……千歳はどうなんだよ」

「ちぃ？　まあ、うん。奇抜な発想を実行させない限りは、まあ……出来なくはない範囲かな」

「あいつが突拍子《とっぴょうし》もない事をしないとでも？」

「……そういうところも可愛いだろ？」

「おい目を逸らすな」

千歳はよくもわるくも刺激好きでかつ気分屋だ。

普通にしていれば別に一般女子高生程度には家事も出来るらしいが、遊び心がうずいたり気分が変わった場合色々とやらかすのだ。

「まあ、結婚したらちゃんとしてくれるらしいから」

「お前の親父さん認めさせるのにどれだけかかるんだ……」

今時珍しく交際に厳しい樹の父親は千歳を快く思っていないので、結婚を前提にお付き合いしているらしい今の状態は樹の父親的には気にくわないそうだ。

逆に千歳の両親は樹ならいつでもウェルカムらしいので、普通逆じゃないのか……とちょっと呆《あき》れたりもした。

「まあ、大人になってからじっくり説得するさ。孫の顔見たくねえのかってな」

これぱっかりは親父の言う事は聞けないし、とわざとらしく肩をすくめつつ瞳《ひとみ》は本気で、争う事も辞さないらしい。

それだけ千歳を愛していると普段でも分かるので、高校生から結婚を考えているのはすごいな、と思いつつ応援する事にしている。

「……ま、お前なら多分向こうが諦めるまで折れないと思うから、頑張れ」

「おう。お前も頑張れ」

「何をだよ」

「だからあの人と……な?」

「……別に、俺はあいつとそういう仲じゃない」

勝手に邪推すんな、とそっぽを向けば、樹のからりとした愉快そうな笑い声が聞こえた。

スーパーで頼まれた材料を買って帰れば、既に真昼は周の家でソファに座って待っていた。

結構見かける光景でありいつも通りではあるのだが、違うとすれば真昼がクッションを抱えてソファの上で膝《ひざ》を抱えている。

子供が拗《す》ねたような時に取る体勢に見えるのだが、拗ねているというよりは恥じらっているといった表情で、その可愛らしさに周も色々と目のやり場に困る。

ロングスカートで助かった、と周は微妙に目を逸らしつつ一度冷蔵庫に材料を入れに行ってリビングに戻ると、こちらを窺う真昼が居る。

隣に座りつつ横を見たら、微妙に真昼が視線を逸らしていた。

「真昼、昨日はありがとな。うまかった」

「……それはよかったです」

おそらく昨日の事を気にしてるのだろう、とは分かっているもののお礼は言っておくべきなので素直に伝えると、真昼もこちらを見つつもぞりとクッションに半分ほど顔を埋《うず》めた。

「お返しは何がいい？」

「別にお返しを目的にした訳じゃないですし」

「それは分かってるけどさ、やっぱり誠意には誠意を返すべきだろ？　もらいっぱなしなのは男が廃《すた》るというか」

もらった分は返すべきという信条の周としては、あんなに美味しいものをわざわざ作ってもらったのだから、相応のものは返すべきと譲るつもりはない。

男子にはまずあげていないらしいし、周の好みに合わせて作ってくれたようなので、手間がかかっている筈だ。

「……私は、周くんからたくさんもらってますから」

「むしろ俺の方がもらってばっかりだと思うけどな。いつも料理作ってもらってるし、世話ばっかかさせてるだろ」

「それは私が好んでしている事ですので。……周くんは、多分こうしてあげたって自覚はないのです。でも、私はそれを受け取っていますから、いいのです」

周としては、真昼に何か与えた、なんて事はないと思っている。むしろもらいっぱなしだから返したいくらいなのだが、真昼にとってはそうではないようだ。

「でもそれはそれ、これはこれだ。……まあ、なんか好きそうなもの考えとくわ」

たとえ周が無意識のうちに何か与えていたとしても、それとホワイトデーのお返しはまた別だろう。

バレンタインデーにチョコレートをもらったのだからホワイトデーには返す、というのは一種の礼儀であり欠かせない。

譲るつもりはないぞ、とじっと真昼を見たら「……はい」と微妙に視線をさまよわせながらも頷いてくれた。

「とりあえず、何贈るかとかはあと一ヶ月くらい猶予《ゆうよ》はあるしな。なんか気に入りそうなもの見付けられるといいんだが」

「……余裕ありますか？　来週から学年末考査で終わって少しすれば終業式ですし」

真昼がほんのり呆れたように指摘するが、確かに来週から学年末考査が始まる。

今日は学校中にバレンタインの余韻《よいん》が残っていたが、そろそろ試験前のぴりぴりとしたムードに移行するだろう。

周としては、特に焦《あせ》る事でもなかったりするのだが。

「考査は普段通りにすれば間違いなく進級出来るし、今更焦るもんでもない。真昼も同じだろう」

「そうですね、余裕のある取り組みは大切ですから」

周は普段から予習復習をきっちりこなして勉強については真面目《まじめ》に取り組んでいるので、試験に困る事はほぼない。

慌てて勉強せずともいつも通りの成績を維持出来ると思っているし、実際そうしてきた。

精々テスト前はいつもより少し長く机に向かう程度だ。

真昼はそもそも授業内容を先取りしているらしいし同じように予習復習を欠かさないタイプなので、焦りすら見えない。むしろ彼女的には早く日程が終わる試験の方が楽なのではないか。

「ま、あんま期待せずに待っててくれ」

「……はい。周くんがくれたもの、全部大切にします」

「そんな大袈裟《おおげさ》な」

「くまさんも、ちゃんと大切にしてます」

どうやら誕生日に贈ったくまのぬいぐるみも大切にしてくれているらしい。

キーケースは真昼が使っているのを見た事があったし綺麗《きれい》に使ってくれているようだった。

ではくまのぬいぐるみはどうなのかと不安もあったが……真昼の様子からして、結構に気に入っているようだ。

くまさん、なんて可愛らしい呼び方をした真昼につい口許《くちもと》が緩《ゆる》みそうになったものの、睨まれそうだったのでなんとかこらえておく。

今年もこんな風に一緒に居るなら、次の誕生日はどんなものをあげようか……待ち遠しかった。

真昼には「それはよかった」と返して笑えば、ふと真昼はこちらをじっと凝視する。

「……そういえば、私周くんの誕生日知りません」

「ああ、俺のか？　俺は十一月八日だな」

そういえば教えた事はなかったな、と誕生日を告げると、真昼の瞳がすぅ……っと細まる。

数ヶ月一緒に居るので分かるようになってきたが、この表情は、ほんのり怒っている時のものだ。

「……ねえ周くん」

「ん？」

「その頃《ころ》、私達とっくに知り合ってましたよね？」

「そうだな」

「何で言わなかったのですか」

「聞かれなかったからな。お前だって言ってなかっただろ、学生証見て気付いたくらいだし」

「う」

「そもそも、あの頃ここまで仲良くなかっただろ。誕生日言ったところでなに言ってんだこいつってなるし」

俺誕生日なんだ、なんて真昼に言ってみても、おそらくあの頃の真昼は「そうですか」としか返さなかっただろう。

周としても、物を要求しているようで嫌だったし、そんな恥知らずでもない。言う必要もなければ言える信頼関係でもなかったので言わなかっただけだ。

「……でも」

「別に気にしなくていいぞ？」

「……じゃあ、今年の誕生日は、ちゃんと祝います」

真昼としては気が済まなかったのか、周の方を向いてきゅっと服の袖《そで》を握って宣言していた。されっぱなしでは気に食わないのだろう。自分の時より真面目に祝う気満々の眼差しに、周は苦笑になりきれなかった笑みを浮かべる。

どうしても、そう言ってくれるのが嬉《うれ》しくて……つい、普通に喜びの笑顔を浮かべてしまった。

結局、真昼も周と同じ事を……これから先も、隣に居てくれるつもりなのだと考えていた事が、何より嬉しかった。

「そんな先まで一緒に居る約束をしてくれるんだな」

思わずこぼれた言葉に、真昼が透き通るようなカラメル色の瞳を丸くして——それから、一瞬で顔を赤く染めて、手にしていたクッションでぽすんと先程まで握っていた袖の辺りを叩《たた》く。

面と向かって言われた事が恥ずかしかったらしい。

照れ隠しなのは明確な八つ当たりをされて、周は微笑ましさにまた口許が緩みそうになった。

「……別に、周くんは、嫌いじゃないです、し……一緒に居て、落ち着くから、いいです」

「そっか、ありがとな」

「別に、他意とかはないです」

「それくらい分かってるから」

念押しされたので頷いてみせたら、何故か微妙に不服そうな顔をされた。

第7話 ホワイトデー

元々勉強面では勤勉であり授業態度は真面目《まじめ》そのものの周《あまね》は、特に苦労する事なく学年末考査を終えた。

真昼《まひる》と共にテストの確認をしてもいつも通りの点数は取れそうだったし、まず学校での普段の態度はよろしいので留年なんて事はほぼないだろう。

樹《いつき》もそれなりの点数を取っているし、千歳《ちとせ》も赤点はまぬかれていそうなくらいの出来だったらしいので、周が親しくしている人間では留年の危機はまずなかった。

後は特に関《かか》わりのない三年生を送る卒業式があり、その後修了式が待ち構えているのだが……その間にある一つのイベントが問題だった。

「……何を返そう」

そう、バレンタインデーの勝者に訪れるお返しの日である。

周が勝者かどうかはさておき、真昼と千歳からもらったのだから、当然お返しはするつもりである。

ただ、困った事に、何が良いのかと悩んでしまう。

千歳には無難にクリスマスにケーキを買った店のホワイトデー用に用意された詰め合わせと、彼女がコレクションしているキャラクターのグッズを用意するつもりだ。

基本的に色気より食い気な彼女なら喜んでくれるだろう。選んだ理由さえ言わなければ。

問題は真昼だ。

真昼は、おそらく何でも喜んで受け取ってくれそうな気がする。

周からの贈り物は普通に受け取ってくれるし、気持ちを重視しているようなので特にものには拘《こだわ》っていなさそうなのだ。欲しいものを聞けば砥石《といし》が最初に返ってくるような少女なので、正直何を渡すか一番困るタイプだ。

好みから選ぼうにも甘いものと可愛《かわい》いものが好き、といった女子なら割と共通していそうな嗜好《しこう》しか知らないので、どんなものを選ぼうかとずっと悩んでいた。

さすがに前言っていた砥石は色気もへったくれもない上に予算的に厳しいものがあるので除外するとしても、何にしようか悩ましい。

出来る事なら、今回は実用品より嗜好品をあげたい。

そう思って、とりあえず雑貨屋でホワイトデー特集のコーナーを眺めているのだが、彼女が本当に喜んでいる姿をうまく想像出来ない。

出来れば、くまのぬいぐるみをあげた時のような、あんな反応をしてもらえるようなものがよい。

（さすがにぬいぐるみ二回目だと芸がないしなあ）

可愛らしいぬいぐるみなら棚に沢山《たくさん》陳列されているが、同じ贈り物をするのは新鮮味に欠けるだろう。

かといって、女子が喜びそうなものなんて周の貧困な想像力ではコスメやアクセサリーくらいしか思い付かない。

しかしコスメについて周は門外漢、デザインで選ぶアクセサリーも贈る間柄なのか、と言われるとすぐに頷《うなず》く事は出来ないのだ。

多分普通に受け取ってもらえるだろうが、向こうが喜ぶかどうか。

一応、男女にしては仲がよいとは思うが……果たしてアクセサリーを贈って喜ばれるのだろうか。

これが樹で千歳に贈るなら間違いのないチョイスだが、周が真昼に贈っていいものなのか。

悶々《もんもん》と悩んではうろうろと特集コーナー付近をうろついているため、恐らく不審者に見られている事だろう。

一応外行きの格好をしているものの、男が可愛い雑貨の前でさまよっていれば怪しいに違いない。

ああでもないこうでもないと唸《うな》っていると、後ろから「何かお探しですか？」という声がかかる。

振り返ると、店のエプロンを着た妙齢の女性がにこやかに立っている。

あまりに悩んでいる周を見かねて声をかけてくれたのだろう。でなければ不審者のようにうろうろおろおろしている周にわざわざ話しかけたりはしない。

「あー、その……ホワイトデーのお返しに悩んでいて」

「こちらのコーナーに目ぼしいものはなかったのですね？　他のコーナーにもホワイトデーのお返しによく選ばれるものもありますので、ご案内しますよ」

「あ、いえそういう訳ではなくて……何とも言いがたい間柄で、贈っても嫌がられないものは何か悩んでいて」

「というと？」

「彼女ではないけど親しいといった感じなので……例えばですけど、アクセサリーとかは好きでもない相手にもらって嬉《うれ》しいのかな、と」

相談するのは気恥ずかしく、ぼかして説明していると、店員の女性はくすりと笑みを浮かべる。恐らく、微笑《ほほえ》ましいといった意味合いで。

「男性の方がそう悩んでいるのもよくお見かけしますよ」

「因《ちな》みに先人はどんな決断を？」

「悩んでいましたが、購入を決意する方が多いですね。親しいのであれば、贈っても嫌がられるという事は多分ありませんよ」

嫌ではない、と言われて少し安堵《あんど》してしまったが、それでもあの真昼にアクセサリーを贈るのはやはり少し気後《きおく》れしてしまう。

彼女は身なりをきっちり整えていて、たまに付けているアクセサリーも品の良いものばかりだ。センスのよい彼女の審美眼に認められるような品物を選べる自信がない。

「よろしければ、あちらのコーナーで女性に人気の品を幾つかご紹介しましょうか？」

「……お願いします」

ありがたい申し出に、周は思わず姿勢を正して頷いた。

「んで買ってしまったと」

事の顚末《てんまつ》を樹に話すと、先日の店員と同じような眼差《まなざ》しで笑われた。

食堂の端で日替わり定食を二人で食べていたのだが、ホワイトデーの話題になってつい言ってしまったのだ。

「うるせえよ。でも、やっぱ交際してないのにアクセサリー贈るって引かれそうでさあ」

「女々《めめ》しいぞ、男は度胸と勢いだ。あの人なら周相手だったら何でも喜ぶ気がするぞ？」

「……そうだけどさ」

真昼の性格的に、何でも普通に喜んで受け取ってはくれるだろう。

周としては本当に喜んで使ってもらえるものを贈りたいので、これでいいのかと悩んでいるのだ。

「結局どんなの買ったんだ?」

「……ピンクゴールドカラーの、花モチーフのブレスレット」

真昼はクールな雰囲気のシルバーや華美な印象を抱かせるゴールドより、華やかさはありつつ柔らかく可愛らしい色合いのピンクゴールドが似合うと思ったのだ。

流石《さすが》に学生の身で高価な貴金属は買えないのであくまで見た目だけなのだが、その色のアクセサリーの中から真昼に似合いそうな繊細なデザインを選んだつもりである。

「何だ、聞く限りには普通に喜ばれそうなやつじゃん」

「……引かれないか?」

「いや心配しすぎだろ。何でそこは後ろ向きなんだよ……」

「女にプレゼントなんてまともに渡したのあいつだけだぞ」

母親はまずそういう対象ではないし、千歳はノーカウントだ。そもそも彼女に渡すのは本人たっての希望でスイーツになるので、あまり贈り物という意識すらない。

「お前そういうところ自信ないよなあ……」

「むしろなんで自信が持てるんだよ……あいつだぞ?」

「くまのぬいぐるみは喜ばれたんだろ」

「そりゃそうだけどさ」

「周、気持ちだ気持ち。ある程度既にコストをかけて選んだんだからあとは気持ちを込めるだけだ」

軽く言ってくれる樹に「そう割り切れたら苦労しない」とぼやいて、周は額を押さえた。

ホワイトデーまで、しばらくこの決断がよかったのか悩まされそうである。

ホワイトデー当日、周は妙に緊張した面持ちで真昼が訪れるのを待っていた。

学校はバレンタインデーよりざわついた空気はないものの、やはり勝者達がお返しをしようとそわそわしていたり女子達がお返しを期待している空気があった。

ちなみに優太は律儀に一律お菓子でお返しをしていたのだが、あれだけで数万は飛ぶんだろうなと眺めているだけで遠い目になった。

周は学校で渡す訳ではないのでこうして真昼の訪れを待っている。

今日は先に帰って心を落ち着けているのだが、やはりどうも贈り物をするのは苦手なので緊張してしまう。

一応、普段着のスウェットやジャージではなくて白シャツの上にグレーのVネックニットのレイヤードスタイルにチノパンを合わせたものを着用している。

普段のだらしなさは見えないとは思うのだが、どう受け取られるかは分からない。

そわそわ、と落ち着かない様子で真昼の訪問を待っていると、玄関の方から解錠《かいじょう》音が聞こえる。

反射的に居ずまいを正してしまったのは、緊張ゆえだろう。

いつも通りに合鍵《あいかぎ》を使って入ってきた真昼はリビングに顔を見せて、それから周を見て固まった。

「え、な、何でその髪型」

「一応ホワイトデーだし正装というか、きっちりした方がいいかと思って……。違和感あるなら落としてくるけど」

どうやら真昼を驚かせる事には成功したようだが、あまり受けはよくないのかもしれない——と腰を浮かせたら、真昼がぶんぶんと否定するように手を振る。

「そ、そんな事はないですけど、びっくりした、というか」

「そうか」

真昼は真昼で落ち着かなそうなので、こういう格好より普段の方がよかったかもしれない。

隣に座りつつも、そわそわとした様子だ。

「……やっぱり落ち着かないなら戻そうか？」

「い、いえ、そのままでもいいです、けど……その、無駄にかっこよくて」

「無駄にって何だよ」

「い、いつもは落ち着いた雰囲気で、安心出来るのに……それは、落ち着かないです」

「じゃあ落として」

「……そのままでいいです」

きゅ、と袖《そで》を握って見上げてくる。

羞恥《しゅうち》からか、ほんのりと赤らんだ頬《ほお》やとろりと湿った瞳《ひとみ》で見上げられると、心臓がどきりと跳ねてしまう。

本人は意図していないのだろうが、服を摑《つか》まれて上目使いというのは、中々にクる体勢なのだ。近さゆえに甘い匂《にお》いがして色々と辛《つら》い。

否応なしに意識してしまうのだが、真昼は真昼でこちらの格好に意識しているのかもぞしつつ周を留《とど》めているので、二人して頬が赤くなっている。

それが何よりも居心地悪かった。

視線をさまよわせつつ「お、おう」とぎこちなく返して、それから誤魔化《ごまか》すように側《そば》に置いてあった紙袋を彼女に無造作に突きつける。

「ほれ、お返し。あんま期待しないでくれよ」

「……ありがとうございます。開けてもいいですか？」

「おう」

目の前で開封されるのは気恥ずかしいのだが、止められはしない。

一応かっこつけ程度にベルベット地の小箱を買って入れてみたのだが、中身が釣り合っていない気がするので余計な事だったのかもしれない。

白い指先がそっと濃紺の箱を開けると、中には先日買ったピンクゴールドのブレスレットと、おまけとして折り畳まれた紙が佇《たたず》んでいる。

真昼はあまり目立つようなアクセサリーは好まないらしいので、シンプルさと品を重視した花モチーフのブレスレットだ。

所々にキラキラと光を受けて輝くクリスタルガラスがあしらわれていて、可愛らしさと優美さも兼ね備えたデザインとなっている。

箱に収まったブレスレットに、カラメル色の瞳はそのピンクゴールドの輝きをずっと見つめている。

「その、趣味に合わなかったか？」

「ううん、可愛いです」

「そりゃよかった。真昼に似合うと思って買ってきたつもりだったから」

「……ありがとうございます」

似合うと思って、という言葉に恥ずかしそうに瞳を伏せている。

そのいじらしさに、思わず息を詰まらせた。

「……あと、これは？」

目を逸らしたいのに釘付《くぎづ》けになってしまって真昼を見つめていた周だったが、おまけとして仕込んだものに真昼が気付いたので頬をかく。

「あー、それか。いや、その、何か足りないかな、と。お世話になってるし、その、願いくらい叶えてあげたいから」

おまけとして中に入れたのは、手作りの『何でも言う事を聞く券』という子供騙《こどもだま》しのような券である。

三回の回数券で、周が描いたくまのイラスト付きの代物だ。我ながら上手《うま》く出来たと周としては思っていたりする。

普段からお世話になっているので、真昼が何かしたいといったささやかな願い事は出来うる限り叶《かな》えてあげたいが故におまけとして入れたのだが、真昼は描かれたくまに注目しているらしく肩を震わせている。

「ふ、ふふっ、周くんの手描きですかこのイラスト」

「うるせー下手くそだよ悪いか」

「ううん、味があっていいです」

暗に下手くそと言われている気がしたのでむむっと眉《まゆ》を寄せたものの、真昼が無邪気な笑顔を浮かべているため、文句を言う気も萎《しぼ》んだ。

「……じゃあ、早速使ってもいいですか?」

「なんだ?」

いきなり使うとは思っていなかったが、真昼が何か周に頼みたい事があるのならば、叶えられる範囲で叶えるつもりだ。

そう思って見つめた周に、真昼はそっとブレスレットの入った箱を、周に向けた。

「……周くんが、着けてください」

「それくらい回数券なくてもするよ。……仰《おお》せのままに」

紡《つむ》がれた願いは本当にささやかなもので、周はそんなのお願い券がなくても頼まれればするつもりだと苦笑した。

もっと大きな事に使えばいいのに、可愛らしい願いを口にした真昼の慎ましさや可愛らしさに自然と表情も柔らかくなる。

手を差し出されたので、周は箱を受け取って膝《ひざ》にのせてからブレスレットを取り出す。

しゃらりと細い鎖がこすれる音を聞きながら、壊さないように丁寧に金具を外してそっと手首に巻き付ける。

丁寧に、を心がけて金具をはめてやれば、真昼の細い手首を彩《いろど》るように柔らかな色のブレスレットが鈍く輝いた。

やはり、真昼の白い肌にはこの色が似合う。

清楚《せいそ》な美貌《びぼう》なので、派手なものより控えめで品のあるものが似合うと踏んだのだが、選択は間違っていなかったと胸を張って言えるだろう。

「ん、似合ってる」

「……ありがとうございます」

触れっぱなしもよくないとそっと手を離せば、真昼はブレスレットのはまった手首を優しく抱えるように胸に当てて、ふわりと笑みを浮かべた。

淡く頬を紅潮させて緩《ゆる》んだ口許《くちもと》をそのままさらけ出した笑みに、周は目を逸らそうとしてもあまりに魅力的で出来なかった。

満面の笑みとも違うしとやかさとあどけなさを含んだ甘い笑みが、頭に焼き付く。

いつも見せる呆《あき》れたような笑みや純粋な喜びともまた違う、どこか幼さを残しつつも女を香らせる美しい笑みはしとやかでいて蠱惑《こわく》的で、周の視線を吸い寄せて離さない。

(……きっつい)

そんな笑みを見せた事も、そんな笑みを見せてくれるのは自分だけという事も、辛い。

否応なしに跳ねた心臓を飼い慣らすためにもと目を逸らそうとするが結局出来ず、真昼が見つめられている事に気付いて羞恥からクッションで顔を隠すまで、彼女を眺め続けた。

「どうだった、ホワイトデー」

翌日、樹に感想を聞かれて周は思い切りしかめ面《つら》をした。

一応学校では気を遣ってか聞いてこなかったが、帰りにファストフード店に寄った際席につ

いた途端笑顔で聞いてきたのだ。

たまにはしょっぱいものも摘みたいからとポテトを食べにだけ来たので、こんな事を聞かれるなら寄らない方がよかったのかもしれない。

「どうって……別に普通に渡しただけだ」

「喜んでもらえたか？」

「……まあ」

喜んでもらえたか否《いな》かで言えば、喜んでもらえた。

無邪気にはしゃぐような笑みではなかったが、はにかみにも似た甘くて何とも言えない色気のある笑顔を向けられたのだから、かなり喜んだ方だと思う。

あの美しい笑みは、思い出すだけで居心地が悪くなる。

内側から熱が頬に忍び寄ってくるのを抑えつつなるべく平坦《へいたん》な声で帰せば、樹は腕を組んで「うんうん」と理解しているような風に頷いていた。

「お前のその反応は結構いい感じって事だよなあ。さぞかし喜んでもらって可愛い笑顔が見られたんだろ」

「んなっ、」

「ほらな。着実に仲良くなってるよなあ」

からかうというよりはしみじみとした口調と声音《こわね》で、周は唇を嚙《か》む。

樹は踏み込んでほしくないところは踏み込まないが、それ以外は親友としてきっちり指摘するので、非常にやりにくい。やり返そうにも千歳とは元々仲がいいので今更というものだし、手段がない。

ぐぬ、と言葉を詰まらせた周に樹は穏やかに笑っている。微妙に生暖かい眼差《まなざ》しなのが腹立たしかった。

どうしようもなくて、頼んだフライドポテトを摘みながらそっぽを向いた周に、樹の苦笑が届く。

「オレとしては嬉しいんだぞ？　周にもようやく春がくるのかと」

「そういうのじゃない」

「向こうにとってはどうか分からないだろ？」

「……ないよ、そういうのは」

確かに、真昼が周を深く信頼しているのは、身をもって知っている。なんなら周が真昼の一番信頼出来る男、と言えるくらいには、彼女と親しくしているつもりだ。少なくとも、今見える交遊範囲では周が一番気を許してもらっている。

ただ、それが恋愛感情かといったら、違うだろう。

時折異性として接してしまい照れる事はあるが、それは異性間ならよくある事だ。好意は受けているが、異性に向ける恋情といった意味での好意ではない、と思う。

最近こそ多少身なりを整えてきた周だが、駄目男には変わりがない。周のようなタイプを好きになるとはあまり思えないのだ。

「お前、そういうところ卑屈《ひくつ》っつーか。ほんと、自分が好かれるってあり得ないとか思う質《たち》だよなあ」

「むしろあの天から何物も与えられた……というよりはまあ努力してのものなんだが、あんなに頑張ってて可愛くてすごい子から取り柄のない俺《おれ》が好かれるとでも？」

「美少女が全員有能な美男子と結ばれるならあぶれてるやつらがテロ起こしかねんぞ」

それは美男子に入っている樹が言ってはいいような事ではない気がした。

「まあ、お前がそう言うなら今のところはいいけどさ。……じゃあ友人として予言しとこう」

「なんだよ」

「お前はいずれ、変わる。というか、変化の兆しはある。あとはお前が踏み出すだけだ」

「……知った口きいて」

「はっはっは、何年お前の友達やってると思ってる」

「一年も経《た》ってねえよ」

冷静に突っ込みを入れれば「そーだったな」とからから笑い声を上げている。

こういう気軽なやり取りをしているが、高校生からの友人である樹は、地元で小中と過ごしてきた男友達よりも、余程周の事を理解して気遣えるような男なのだ。

「つーかさ」

「ん？」

「お前、自分が彼女に相応《ふさわ》しくないとかうだうだ言ってるけど、あの言い方とか態度だと好意を抱いてるって認めてるようなもんだよな」

「ポテト鼻に突っ込むぞ」

「すんません」

ちょっと感動したのに最後に余計な事を言ってくれたのでフライドポテトを手にしたが、即座に平謝りしてくるのも樹らしいなと思った。


「遅かったですね」

いつもより一時間ほど遅れて帰宅すると、エプロンを着けた真昼が出迎えてくれた。

思わずどこの新妻だと思ってしまったのは、樹との会話があったからだろう。真昼にそういう感情はないのに妄想してしまうのは、本人に悪いので慌てて頭から追い出しておく。

「ん、樹とポテト食べてた」

「……夕ご飯前なのに」

「大丈夫だ残さずに食べる」

真昼の料理は別腹であるし、そもそもフライドポテトも控えめにSサイズを選んだのでそう腹が膨れている訳でもない。

いつもの量を出されても食べきる自信はある。

「太りませんか……と思いましたが、周くんは細いのでもう少し肉を付けてもいいのかもしれませんね」

「お前こそもう少し肉付けた方がいいんじゃないのか。折れそうで怖い」

「折れるほどやわではありませんよ」

「そうか？　ほら、こんなにも細いし」

真昼は華奢《きゃしゃ》でいかにも少女らしい体格をしている。運動はばっちりこなせるので、細いといってもただ細いだけではなく引き締まっていてなおかつ柔らかい、といった感じなのだが。

パッと見折れそうなのは確かで、試しに手首を掴んでみればあっさりと指が回る程に細い。力を込めれば折れてしまいそうで「女の子は優しく丁重に扱うべきだよ」という父の教えにも頷ける。

手を繋《つな》いだ時も思ったのだが、あまりにも真昼はか細くて、知らないところで怪我《けが》してしまわないかと不安になる。

繊細な指先も少しの事で折れてしまいそうで、こんなに細くて大丈夫なのかと思ってしまう。

指をなぞるように触れて感触や丈夫さを確かめていると、もぞりと真昼が身じろぎしていた。

やや顔をうつ向かせて、ただ視線は握っている周の手に向けて。

淡く色づいた頬に、遅れて無許可に無遠慮に触っていたのだと気付いて慌てて離した。

「……その、ごめん。勝手に触られるの嫌だよな」

「い、いえ……周くんに触られるのは、嫌じゃないです」

一瞬耳を疑うような言葉を紡いだ真昼を凝視すれば、真昼も自分が何を言ったのか気付いたらしくぱっと顔を上げる。

先程よりも色が濃くなった頬に加えて羞恥からか僅《わず》かに潤んだ瞳がこちらを見るものだから、周は非常に居たたまれなくなった。

「さ、触ってという事ではないですからね。他の男の人には触らせたくもないってだけです」

「お、おう」

そう言われても、心臓の高鳴りは中々収まらない。

真昼が周を親しい人として特別視しているという事は分かるが、そういう言い方をされると都合のいい解釈をしてしまいそうなので止めてほしさはある。

「……そ、そうだ。昨日の、着けてないんだな。ああいや、催促とかじゃないんだけどな」

心臓がうるさいのを誤魔化すように聞いてみると、真昼は手首を見て、そっと周が握っていた場所を指でなぞる。

「……家事する時に着けてたら邪魔になりますし傷むのも早くなりますから。……大切にしたいので、お休みの日に着けます」

「……そっか」

あまりにもいじらしい理由を口にされて、周は危うくその場に座り込みそうになった。

そういう可愛い事を言われて意識しない男なんて居ないだろう。

贈り物を大切にしてくれているという事も、ちゃんと身に着けるつもりという事も伝わってきて、周としては色々と湧き上がる感情に胸から色々と溢《あふ》れそうで辛かった。

どっ、どっ、とうるさいくらいに心臓が跳ねているのをくらくらする頭で認識しながら、周は一度落ち着こうとゆっくりと深呼吸する。

「……気に入ってくれたなら、嬉しいよ」

「気に入ってますし、大切にしますから。くまさんも、キーケースも、ブレスレットも」

ハンドクリームは遠慮なく使ってますけどね、と小さく照れ臭そうに口許を緩めた真昼に、周は我慢しきれずに靴も脱がず突っ立った状態から急いで靴を脱いで廊下に上がる。

「……着替えてくる」

「は、はい。行ってらっしゃい、周くん」

帰宅したのに新妻に送り出されるような気分を味わってまた心臓が暴《あば》れだした周は、足早に自室に入って床にしゃがみこんだ。

第8話 春休みの始まり

案外呆気《あっけ》ないものだな、と壇上で厳格な面持ちで挨拶《あいさつ》をする校長の姿を遠目に見ながら、周《あまね》はあくびを噛《か》み殺《ころ》した。

修了式の日がやってきたが、特に感慨もなくこの日を迎えて登壇している校長の話を聞いている。正直寝てしまいたい程度には退屈だ。

それは周囲の生徒ほとんどが同じ気持ちらしく、真面目《まじめ》に聞いている生徒はごく僅《わず》かで、大半が適当に流すか眠たそうに壇上を見ていた。

流石《さすが》に大っぴらに退屈そうな顔をする訳にもいかないので真面目な表情を作りつつも、早く終わらないかなといった気持ちで一杯の周は適当に聞き流していた。

これが自分達の卒業式なら感慨はあったのだろうが、修了式なのでこれといった感動やら何やらは湧《わ》かない。

言ってしまえば悪いがどうでもいいので、周は優等生の振りをしつつ退屈な時間を過ごした。

「……あー肩凝った」

「校長話長いからなあ」

式が終わって教室に戻れば、みな口々にそんな言葉を漏《も》らしている。

それでもやや声音《こわね》が弾んでいるのは、この後ホームルームさえ終わってしまえば二週間ほどの自由が待っているからだろう。

やっと退屈な授業から解放される、と口許《くちもと》に笑みすら浮かんでいるクラスメイト達を席で眺めながら、周もそっと吐息《といき》をこぼす。

明日から春休みになるが、どう過ごしたものか。

一応両親はこの間顔を見せたので、交通費的にも帰らずともよいと思うが、割と暇になってくるのだ。

二年の予習はある程度するにしても、時間が余る。

短期バイトしようにも事前にお目当ての職を見付けていないので日数的に足りないし、休みに遊ぶような友人は樹《いつき》と千歳《ちとせ》くらいだ。

「なあなあ周くんや」

たった今脳内で話題にした樹が、後ろから話しかけてくる。

振り返ると実に爽《さわ》やかな笑顔……周にとっては胡散臭《うさんくさ》さすら感じる笑顔で、何だか嫌な予感がした。樹がこういう笑顔を浮かべるのは、何か頼み事がある時や厄介事《やっかいごと》を持ち込む時だ。

「なんだよ」

「お前、明日から暇?」

「まあ暇だな」

「うんうん、だと思ってたよ。よかったよかった」

「……なんだよ」

満面の笑みを浮かべる樹が、自席の横に下げてある鞄《かばん》を叩《たた》く。

昨日大量に荷物を持って帰ってロッカーも机も空にした筈《はず》なのに、みっしりと何かが詰まっている。今日は授業がないので荷物なんて精々ペンケースやファイル、財布程度な筈だろうに、不自然なものの詰まり方をしている。

「……それは？」

「着替え」

「何故《なぜ》に」

「泊めて」

語尾にハートマークが付きそうな程に弾みつつ媚《こ》びた声音でおねだりされて、周の顔が思い切りしかめっ面になったのは仕方ない事だろう。

「あのさ、お前ほうれんそう知ってるか」

「知ってる知ってる、訪問連夜騒音だろ」

「それ単なる夜間の近所迷惑だ馬鹿《ばか》野郎。騒ぐつもりなのか」

「冗談だよ。泊めてってのはほんとだけど」

樹が事前連絡を欠かす事など滅多《めった》にない。

となると急遽《きゅうきょ》泊まらないといけない事情が出来た、となるのだが、そんな事情が思い付かない。

「朝親父と喧嘩《けんか》した」

そんな周の疑問に答えるように、樹はあっさりと事情を暴露《ばくろ》した。

「……千歳の事で？」

「ん。うちの親父怒ると数日置かないと話聞いてくれなくてさ。ちぃの家に泊まりっぱってのは駄目だろ。ちぃの両親は受け入れてくれるとはいえ、流石になあ」

「俺《おれ》ならいいってか」

「お前なら泊めてくれると思って」

部屋が片付いていない時も幾度か泊めた事があるので大丈夫だろう、といった考えなのだろう。

周としては、別に泊めるのが嫌、という訳ではない。

ただ、食事を作りに来る真昼《まひる》が嫌がらないか、という問題なのだ。

真昼が休むための場所で天使様モードを強制されるというのは中々に辛《つら》いものではないだろうか。

彼女は周にだけ素を見せているので、樹の前では隠そうとするだろう。

もう一つ問題として、最近真昼が妙に可愛《かわい》らしい仕草をしたり照れたりして異性として意識せざるを得ないのだが、樹がそれを見てあらぬ勘違《かんちが》いをしそうなのが怖い。

「……あいつに一回連絡する」

真昼の意思も聞いておかないといけないので、メッセージを送っておいた。おそらく帰る前に一度こちらに買い物のメモを送ってくるので、その時に気付く筈だ。

手慣れた動作でメッセージを送った周に、樹は何故か感心したように息をこぼした。

「なんだ、同棲でもしてるのか？」

「お前だけ暖房と布団《ふとん》なしで床に転がすぞ」

「泊めてくれる優しさを褒《ほ》めればいいのか凍死させる冷たさを嘆けばいいのか」

「俺はお前のあらぬ妄想について嘆きたい」

何言ってんだこいつ、といった眼差《まなざ》しを向けると樹が肩を竦《すく》める。

肩を竦めたいのはこちらだ。妙な勘違いをされて真昼の気を煩《わずら》わせたくない。

樹は何だかんだ空気は読めるので真昼を弄ったりはしないと思うが、真昼の居ないところで微妙にからかわれそうなのが若干憂鬱《じゃっかんゆううつ》である。

樹の笑みにため息をついていたら、どうやらたまたまスマホを触っていたらしい真昼から『三人分の材料を買ってきてくれるなら普通に作りますけど』と承諾の旨が届いた。

「いいってよ」

「やった、手料理食える」

「それ目当てじゃないだろな」

「若干あった。周が絶賛する料理って一度味わってみたかったんだよな」

「……あいつに迷惑かけるなよ」

「俺はお前にはかけてもあの人にはかけないから」

「俺にもかけんな」

へらりと笑った樹の額にでこぴんを叩き込《こ》めば「いってえ！」と言いつつも愉快そうに笑ったので、周はこれみよがしに深くため息をつくのであった。


「で、いつまで居るつもりだ？」

下校して買い物をしてから帰宅し、一息ついたところで我が家のように寛《くつろ》ぐ樹を見る。

最近は真昼が居る関係であまり来られなかったが、何度もこの家に来ているので勝手知ったる、といった感じなのだろう。

足を組んでコーヒーを飲むという美形ゆえに様になる姿を見せていた樹は、考えるように視線を空にさまよわせる。

「んー、とりあえず三日はほしい。めんどくさいんだよなあほんと」

「お前の親父さんは悪い人じゃないが、他人の主張を受け止める柔軟さを欠いてるからな」

「頑固で融通のきかない時代錯誤な糞親父《くそおやじ》でいいぞ」

「あのなあ」

「親にお付き合いする相手とか指図《さしず》されてたまるかっての」

どうせ大人になったら家を出るのに、と舌を出している樹ではあるが、本気で父親が嫌いという訳ではない。

彼の父親は筋を通す男性であり、一度懐《ふところ》に入れてしまえば親しみをもって接してくれるタイプなのだ。千歳を中々懐に入れないだけで、周にとっては割といい人だったりする。

千歳との交際を認めないのは、樹の家はそれなりに家柄がよいので、息子には相応《ふさわ》しい女性を選んでほしいというのが大きいのだろう。

加えて、おそらく単純に樹の父が千歳を苦手だというのもある。

ただ、頭ごなしに否定されているらしい樹としては、そんなだから家を出ようとするんだよ、との事。

「その点いいよなあ周は。好きにさせてもらえて」

「うちは親がめちゃくちゃ仲いいからな、息子にも好きな相手を選んでほしいらしいし」

「本当にお前の両親が羨ましい」

厳しく育てられた結果爆発《ばくはつ》して今の樹になったらしいので、あまり否定をする訳にもいかない。

髪を明るく染めて軽薄そうな見かけにしているのも、本人いわく反抗だそうだ。

「そう言いつつも、親は尊敬してるんだろ」

「人としては尊敬してるが親としては駄目だろ。抑圧すればいいってもんじゃないんだよなあ……。適度に飴《あめ》を与えておけばいいものを、鞭《むち》だけ使って育てようとするから噛み付《つ》かれるんだよ」

「それ飴を与えられる側が認識してていいのか」

「放し飼いにしてくれるならそれで納得したのに、檻《おり》に入れて首輪まで着けようとするから牙《きば》を剝《む》いただけなのにな」

何十年も生きててそれすら分からなかったらしい、と肩を竦めてみせた樹は、残していたコーヒーを一気にすすった。

「まあ、数日はゆっくりしていけ。幸い、休みだから時間はあるしな」

「持つべきものは友……！」

「くっつくな気味悪い」

「傷付いた！　慰謝料として椎名《しいな》さんの料理を所望する！」

「傷付いてなくても食うだろうが」

「てへ」

「可愛い子ぶるな気持ち悪いぞ」

「ひどい更に直接的表現になった……およよ」

わざとらしく泣き真似《まね》をしてみせるものの顔は笑顔なので、周は呆《あき》れたように彼を見つつ、少しだけ安堵《あんど》した。

彼が父親とバトルするのはよくある事だが、今朝《けさ》のは少しひどかったらしい。学校では心なしか空元気に見えていたので、多少なりと持ち直してくれたようだ。

まあ本人にはとうてい言えないので、周は樹にすげなくする振りをしつつ小さく吐息をこぼした。


日が暮れてから、真昼は周の家にやってきた。

手ぶらなのは既に周が頼まれた材料を用意しているからだろう。

樹が事前に居るという事を伝えているので、寛ぎまくっている樹の姿にも動揺した様子はない。むしろ樹の方が微妙に慌てたくらいだ。

「お久しぶりです、赤澤《あかざわ》さん」

「こっちこそお久しぶり。急に愛の巣に……いて、いてて、分かったから冗談だから。急にお邪魔してごめんね、慣れないやつが入ってきて困ったでしょ」

周が無言で足を踏んでやったので地味に呻《うめ》いているが、それでも樹はにこにこと人好きするような笑みを浮かべている。

「いえ、そんな事は。賑《にぎ》やかな方が楽しいですから」

「こいつが居てもうるさいだけだぞ」

「そんな事を言うものではありませんよ」

窘《たしな》められたので口をつぐむと樹がにまにまとしていたので、周は真昼に見えないように脇《わき》腹《ばら》をつねった。

尚、樹は男の理想体型なのでつまむ部位はほとんどなかったが。

「では私は夕食を作ってきますので、ごゆっくり」

二人でささやかな攻防を繰り広げていたら、真昼はにっこりと天使の笑みを浮かべ、エプロンを着けてキッチンに旅立っていった。

流石に何を話せばよいのか分からなかったから相手は周に任せる、という事なのだろう。

真昼の後ろ姿を眺めた樹は、にんまりとした笑みを収める。

「……鍵《かぎ》渡すほど仲いいんだな」

「うるせえ」

あまりに日常になりすぎて合鍵《あいかぎ》を使ってしまったのだろう。インターホンを鳴らさずに入ってきたため、樹が気付いてしまったのだ。

「ごゆっくりって、椎名さんにとってはここが居場所みたいな認識だから出るんだろ？　最早《もはや》奥さんに見えるぞあの態度」

「追い出していいか？」

「冗談……と言いたいところだが、客観的にはそう見えるって事は認識してくれよ？」

首根っこを摑《つか》もうとしたところで樹が逃げ、カーペットに座ってゲームを起動し始めたので、周はソファーから降りて彼の背中を軽く膝《ひざ》で蹴《け》りつつ隣に座って暇潰《ひまつぶ》しをする事にした。

しばらくすれば皿を出している音がし始めたので、流石に真昼に全部させる訳にもいかず、立ち上がってキッチンに赴く。

「手伝うよ。よそったやつ持っていけばいいか？」

「ありがとうございます」

いつものように盛り付けたものをテーブルに並べていくと、樹が微妙に呆れたような顔をしていた。

「……なんつーか……」

「なんだよ」

「いや、言うまい」

最後まで言わずゲームの後片付けをしている樹に、周は「なんなんだ」と少しだけ困惑したような声をこぼした。

夕食の時間になり三人で真昼手製の料理を囲んでいるが、樹は実にご満悦そうな表情だった。

「うめえ……」

「ありがとうございます」

姿勢よく食べている真昼は穏やかな表情を浮かべている。天使様の微笑《ほほえ》みではあるが、秘密を知っている相手という事なので少し素の方が出ている。

樹は夢中になって料理を口に運んでいた。

樹は周より食べる量が多いと事前に言っていたので多目の盛り付けだが、それすらあっさりと平らげそうである。

「やー、こんな料理を毎日食べられる周は幸せ者すぎるというか……」

「それは自覚してる。今日のも美味《おい》しいよ」

「……ありがとうございます」

味噌汁《みそしる》を啜《すす》ってから感想を口にする。

自然と頰《ほお》の緩《ゆる》む、このほっとするだしや味噌の風味がたまらない。毎日飲んでも飽きないというのは実はすごい事なのだが、作り手本人はあまり自覚がないようなので褒めるのは日課となっている。

本人の人柄が滲《にじ》み出たような優しい味は舌だけでなくて胸まで心地よくなるので、樹が夢中になるのも頷けた。

「はー、うまい」

今日は周の好物のだし巻き玉子を作ってくれてるので、いつもに比べて二割増しで食が進む。

もちろんいつも美味しいのでおかわりする勢いなのだが、やはり卵料理があると食欲が違う。

うまいなあ、と滋味溢《あふ》れる料理に舌鼓《したつづみ》を打っていると、樹がこちらと真昼をちらちらと見ている。

「……比翼」

「何か言ったか？」

「いーやなんでも」

わざとらしく首を振ってご飯をかきこんでいる樹にそれ以上追及はせず、周は穏やかにこちらを見つめる真昼に肩を竦めてみせた。

夕食後、真昼は早めに帰宅した。

普段なら周が風呂《ふろ》に入る手前、二十一時過ぎまではこの家に居るのだが、今日は樹が居るので遠慮して帰ったのだろう。周が洗い物をしている間に樹と何か会話していたらしく、ほんのり気まずそうにしていたので、そのせいもあるだろう。

樹に何を話していたかと聴けば「世間話とちぃの事」と返ってきてそれ以上は追及出来なかったが、確実に他の事も話題にのぼっていた気がする。

「なあ周」

就寝前、周の部屋の床に布団を敷いていた樹が、ベッドに腰かけた周を見上げる。

「なんだよ」

「お前、椎名さんにあれだけ優しい顔しといて好きじゃないとかないだろ」

「うるせえ」

「はたから見てるとめちゃくちゃでれっでれだからな」

「追い出すぞ」

「いやん」

まだ言うのかこいつ、といった眼差しを向けるものの、樹に反省の様子はない。

ただいつものにやにや笑い、というものではなく、どこか感心したような、嬉《うれ》しそうな表情だ。

「まあお前が素直ではないのはいつもとして。俺としては嬉しい訳ですよ。周のいいところを知ってくれる人が現れて」

「は？」

「なんで喧嘩腰《けんかごし》なんだよ……。お前さ、クラスのやつらには多分根暗でぶっきらぼうな存在感薄い地味系男子って思われてるからさ」

「それは自覚してる」

クラスの中での周の立ち位置は、地味で無愛想なこれといって特技もない目立たない男子、といった所だ。試験後に貼り出される順位を見ている人間ならほどほどに頭のいい、といったものが付け足される程度。

樹のようなあか抜けた明るいイケメンや優太のような爽やか王子様系イケメンといった濃い面子《メンツ》からすれば、周など無個性にも近い。

意図して目立たないようにしている、というのもあるが、周の評価は決して高くないのだ。

「でもそれって外見だけの評価で、お前の中身の評価じゃない。中身を見てもらおうにも、ある程度内側に入らなきゃお前のいいところは見えにくい」

じっと、樹が周を見据える。

居心地が悪くなったのは、樹の目が冗談やからかいの色を孕《はら》んでおらず、真剣なものだったからだろう。

「お前がすげぇいいやつなんだって知らないのは勿体《もったい》ないっつーかさ。だから、椎名さんがお前の中身見て仲良くしてるのは、俺としては嬉しい訳ですよ」

「樹……」

「なのではやく付き合ってダブルデートしよう」

「お前結局そこに行き着くんかい」

ちょっと感動して損した気分になったのは悪くないだろう。

ただ、樹は樹で茶化《ちゃか》さないとやっていられないのか、視線を逸らしていて、照れ隠しなのだと推測も出来る。「ちぃも喜ぶだろ」

「一人で……もとい二人で行ってこい。俺らを巻き込むな。つーか仮にそういう関係になったとしても、俺の見た目で行けるか」

「いやあそれは例の男フォームになってもらおうと。つーか例の男フォーム見たい」

「嫌だ」

「あれか、椎名さんだけに見せてあげたいという男心か」

「樹、寒空の下永眠するか黙って暖を享受するか選べ」

「さーせんした」

布団の上で正座して謝った樹に「まったく」と呆れた声を送る。

樹としては、周に彼女が出来たら周も日々が楽しくなるという魂胆《こんたん》があったのだろう。

(……真昼と交際とか、ないだろ)

ただでさえ面倒見てもらってるし迷惑もたくさんかけているというのに、付き合ったら何から何まで頼りにしてしまいそうで怖い。既に駄目人間だというのに、付き合ってしまえば更に堕落《だらく》へと一直線だろう。

そもそも、真昼はおそらく異性を忌避《きひ》している。

周や修斗《しゅうと》、周が信頼している樹にはそう拒否感は示していないのだが、たまに学校で見かける真昼は異性に対しては他の女子よりも壁が厚い。天使様の仮面を被りつつ綺麗《きれい》に違和感なく距離を置いている。

あの告白されっぷりで交際経験がないのだから、男性そのものを避けているというのが近いだろう。

そもそも、生半可《なまはんか》な気持ちで相手に好きと伝えるのは失礼だと思ってすらいる周なので、現状真昼とどうこうなりたいとは思っていない。

真昼もそんな気持ちは持っていないだろうし、付き合うなんて馬鹿《ばか》げた妄想なのだ。

「……でもまあ、椎名さんがあれだけお前を信頼してるんだ。それを全部あり得ないとか言って否定する前に、ちゃんと見てやれよ」

周の心を見透かしたように告げた樹に、周は「……そうかよ」とだけ呟《つぶや》いて、布団に潜り込んだ。


『いっくんだけずるい！　私もまひるんの料理食べるー！』

翌日、朝っぱらから千歳からそんな電話が周宛《あて》にかかってきた。

どうやら樹が昨日千歳にそう連絡したらしい。昨日食事が並んだところで女子よろしく写真を撮っていたと思えば、千歳に送るためだったようだ。

「俺に言われてもな。椎名に聞け」

『じゃあまひるんに良いって言ってもらったらご相伴《しょうばん》にあずかっていいの？』

「それはまあ」

『わかった！　じゃあまひるんに聞いてくる！』

勢いよく言って電話が切られた。

うるさかったのでスマホをやや耳から離していた周は、行動力のある千歳に感心すればいいのか呆れればいいのかで表情を迷わせていた。

見ていた樹は、微笑ましそうにしている。

「ちぃは元気だなあ」

「お前の彼女の暴走癖なんとかならないのか」

「無理だなあ。ちぃは好きなものは好きって体で示すタイプだし。愛情深いよなあ」

うんうん、と頷《うなず》いてる樹に惚《ほ》れた欲目だな、とは思ったものの飲み込んでおく。

別に千歳のバイタリティーに富んだところや誰《だれ》とでも仲良くなれる明るさは長所だし周にはないもので羨《うらや》ましいと思うが、彼女からラブコールされる真昼が大変だなと思う。

真昼には合掌しておきつつ、とりあえず昨日の夕食の残りを温めて朝ご飯にする事に決めた。

「という訳で来ちゃいましたー！」

お昼前になって早速千歳が現れた。荷物らしきリュックを背負って来ているが、手には材料がぎっしり入った買い物袋が提《さ》げられていて、隣には真昼が苦笑を浮かべながら同じように買い物袋を携えている。

どうやら外で待ち合わせたらしい。千歳に買い出しを付き合ってもらってから一緒にここまで来たのだろう。でなければ二人して買い物袋を携えていないし、千歳はエントランスを抜けられない。

「行動早いわぁ……」

「まひるんのおうちにお泊まりするって事でいてもたってもいられなかった！」

「……お泊まり？」

「折角春休みなんだからいいかなって。まひるんも了承してくれたから！」

ね？　と千歳が満面の笑みを浮かべて真昼を見ると、真昼は苦笑して頷いている。

(押しきられたな)

千歳の勢いに負けたに違いない。

ただ、嫌がったりはしてないし、あくまで急な事にやや困惑している、というだけだろう。

「心配しなくても納得の上ですからね」

冷蔵庫に材料をしまいに行く真昼は、横をすり抜けた時に周にしか聞こえない小さな声で告げる。

周のちょっとした不安を見抜いていたらしいので周は苦笑して、夕食分の材料を冷蔵庫にしまう真昼の背を見る。

千歳はにこにこと笑って「まひるんの料理楽しみー」と樹の隣に座ってべたべたしているの

で、周は座る場所を失いとりあえずキッチンに向かった。

「なんか手伝うことあるか？」

「……周くん、料理出来ないでしょう」

リビングに聞こえないように絞った音量で名前を呼んだ真昼に、周はうっすらと苦笑する。

「別に野菜ちぎるとかくらい出来るぞ？　というか指示あれば簡単な事なら出来るし実際作って見せただろ」

「……じゃあ手伝ってもらいます。向こう居たたまれないんですよね？」

「よく分かってらっしゃる。あいつらいちゃつくからなあ」

肩を竦めて、水道で手を洗う。

真昼の手伝いなんて大して出来はしないのだが、料理が全く出来ない訳ではない。計量や下ごしらえを手伝う程度は出来るので、しばらくは恋人達のいちゃつきを背にしながら真昼のサポートをする事になるだろう。

「ちなみに今日のお昼ご飯は？」

「オムライスとグリーンポタージュ、あとサラダですね。千歳さんがオムレツをナイフで切ったら広がる半熟タイプのを食べたいと仰《おっしゃ》ったので」

「やった」

「好きですよねえ卵料理」

「卵はいいもんだ。それにお前のが一番美味しいから、楽しみだ」

真昼の料理は外れがないので、好物の卵料理なら尚更《なおさら》楽しみになる。前に食べたビーフシチューオムライスも最高の出来だった。あれは毎週食べても飽きない自信がある。

千歳もナイスリクエスト、と内心で親指を立てつつ上機嫌に米を四人分計量して洗っていたら、真昼は冷蔵庫の前に立ったまま固まっていた。

「どうした？」

「……そう言ってくれるのは嬉しいですけど、不意打ちはダメです」

「何の事だよ」

「分からなくてもいいです」

ぷい、とそっぽを向いてスープの材料を切り始めた真昼に、周は首をかしげるしかなかった。

「あれで付き合ってないんだからよく分からないよな」

「ほんとねー」


「はーんおいしかったー！」

昼食を食べ終えた千歳は、実にご満悦そうにお腹《なか》をさすった。

表情からも大満足というのが伝わってくるので、真昼は嬉しそうに微笑んでいる。人に振る舞うのが好きらしいので、今日の突然の襲撃も本人的には悪くないのだろう。

「いやー椎名さん何でも作れるよね。半熟オムレツ、よくあそこまで中とろとろでオムレツの形を作れたなあ」

「料理を教えてくれた先生のお陰ですね」

「料理習ってたの？」

「ええ、まあ。一人暮らしをしても困らないように、誰かに振る舞っても恥をかかないように、と」

「へー！　こんなに料理出来るようになったんだったらすごい先生だったんだね！」

真昼が言っているのは恐らく以前言っていたお手伝いさんの事だろう。

真昼の実家で真昼に唯一優しくしてくれた人に違いない。

「私もその人に教えてもらったらこんなうまくなれるかなあ」

「お前は好奇心を抑えて冒険しなければそれなりのは作れるだろ」

「え、冒険しなきゃ始まらないよ？」

「それさえなければお前は大体何でも出来るのになあ……その好奇心と悪戯《いたずら》心が台無しにしてるんだよなあ……大人しくレシピ通りに作ればいいものを……」

千歳はふざけなければ平均以上に大体こなせるのだが、その落ち着きのない性格と悪癖のせいで大体評価がワンランクは落ちるのだ。

猫のように自由気ままでマイペースな性格な千歳が猫を被《かぶ》らないのが問題なのだろう。大人しく出来るには出来るらしいが、疲れるそうだ。

猫を被る事を意識出来るなら落ち着いた女性になるのだが、本人の素がそれを許さないらしい。

「料理もそうだけど、少しは言動に落ち着きを見せろよ。ここにいい例が居るだろ」

「えーん、まひるんみたいにはなりたくてもなれないなあ。窮屈そう」

「それは椎名に失礼だろ」

「うん、でもまひるん窮屈そうっていうか、息が詰まってそうだなって」

時折、千歳は驚くほど本質を見抜く時がある。

「学校のまひるんってつまらなさそうだから」

「……そう見えますか？」

「んー。クラス違うから正確には分かんないけど、つまらないっていうか数歩引いたところから全体を俯瞰《ふかん》してるって感じがするね。誰にでも優しくしているようで、その実誰にも心を許してないなーって見えちゃうな」

恐らく、というよりは確実に千歳の予想は当たっている。

誰にも優しく仲良くするいい子の振る舞いをしているが、その仮面の内側には極少数を除いて入れていないのだ。

真昼はいい子であろうとしているからこそ、素の自分を見せる事を忌避している節《ふし》がある。

それを本人が一番自覚しているので少し表情を曇らせたものの、千歳はにっこりと笑って隣に居る真昼に腕を伸ばした。

「こうした私的な場だとまひるんすごく可愛い顔してるから、こっちが素なんだなあって分かるよ？　私はこっちの方がすきー」

えへー、と笑って真昼にぎゅっとくっつく千歳に、真昼は一瞬困惑したように視線を泳がせたが、嫌ではなかったのか控えめに千歳に触れている。

「まひるんはねー、もっと素直でもいいと思うんだー。ほら、周とかまひるんの事甘やかせるよ？　あれはなんだかんだ懐に入れた人にはすんごく甘いから、まひるんなら甘えればイチコロだよ？」

「しませんっ！」

「えー？」

「……千歳さんの期待する事はありません」

ぷい、とそっぽを向いた真昼に、千歳は笑顔で「そーお？」と返して、何故《なぜ》かこちらを見た。

見られてもこちらにはどうしようもないだろう。真昼が頼ってこない、弱りきっていない限り、真昼を甘やかすなんて事は出来ない。本人は自分の足で立つ事を望んでいるのだから、その意思を尊重した方がいいだろう。

ただ、万が一……甘やかしてほしい、なんて言われたら……やぶさかでもないのだが。

躊躇《ちゅうちょ》のしようがない。一人で抱えているものをこちらにも見せて支えてほしいと願われたなら、当たり前のようにその小さな背中を支えようとする自信がある。

それだけ入れ込んでいる、なんて改めて気付いて気恥ずかしくなるものの、表には出さず千歳と真昼の触れ合いを眺める。

「いやあ、美少女同士仲良くしてるのは目の保養になりますな」

「言ってろ」

樹のような変態くさい発言はスルーしておき、仲良さそうにしている二人の姿を見て、真昼にもちゃんと素を見せられそうな同性の友人が現れてよかった、と小さく安堵《あんど》した。

千歳のお泊まりは、当然真昼の家で行われた。

樹と一緒に居たがるかと思いきや「いっくんはしょっちゅうお泊まりしてるからまひるんとがいい」と、夕食後喜んで真昼の家に向かった。

二人が非常に仲がよく千歳の家に泊まったりもよくあるのは知っていたので、発言は別におかしくはないのだが……なんというか、お泊まりをよくするという事実が微妙に気恥ずかしさを覚えてしまう。

そんな周に樹が「何想像してるんだむっつりめ」と囁《ささや》いたので、とりあえず足を踏んでおいた。小指を踏まなかったのは慈悲である。

「お前さー、照れ隠しに足踏むのやめない？」

「邪推するおまえが悪い」

就寝時に愚痴られたものの、周はそっぽを向いた。

本気で踏んでいる訳ではないしすぐに痛みも引く程度の力加減だったから樹も責める様子はない。というより男同士の軽いじゃれ合いみたいなものに目くじらを立てる事は双方ないのだ。樹にもはたかれたりするので、よくある事である。

「別に今時お泊まりとかよくあるだろ。普通だ普通」

「それは分かってるから。つーかこの話もういいだろ」

「男ならそういう話をするのが定番かと思って」

「定番じゃねえし結構だ」

一々友人カップルの生々しい話など聞きたくないので、話は終わりだと樹を睨《にら》めばけらけらと愉快そうな笑みを向けられる。

「お前、ほんと草食っつーかうぶだよなあ」

「ぶっとばすぞ」

「まあ、だからこそ椎名さんも心を許したってのはあるんだろうなあ。お前ががつがつしてるなら絶対近寄らなかっただろうし」

よかったな！　といい笑顔で親指を立てられたので、周は真昼にはまず見せられないような渋い顔を樹に向ける。

ただ、樹には全く効果がないようで笑い声が上がった。

舌打ちしつつ樹を睨もうとして、そこで手元にあったスマホから軽快な電子音が響く。

メッセージ受信の合図に設定されている音で、樹を睨むのは一旦《いったん》やめにしてスマホの画面を表示すると、どうやら千歳からメッセージが来ていたらしい。

明日の予定でも聞いてきたのかとアプリを開くと、メッセージが一件と、写真が送られているようだった。

『見て見てまひるんかわいい！　※許可は取ってるよ』

そんな一文と、写真が添えられていた。

写っていたのは、真昼がベッドの上で正座を崩した姿だ。背後には寝室の様子が写っている。

それだけなら何とも思わなかったのだが、問題は服装や表情である。

彼女は寝間着を着ていた。

それはまあ普通の事なのだが、寝間着として着ているのが長袖《ながそで》のゆったりしたワンピースタイプの寝間着、いわゆるネグリジェというやつで、真昼の品と清楚《せいそ》さを際立《きわだ》たせている。淡いピンク色なのがまた女性らしさを引き立てていて、実に可愛らしかった。

お風呂に入りたてなのか、袖《そで》や開いたえりぐりから覗《のぞ》く肌は、全体的に火照《ほて》ったように内側からほんのりと色付いている。

お陰《かげ》で露出はないのに妙に色っぽく、それでいて清楚という相反するような印象を同時に抱かせた。

そして、何よりも目を引いたのが――真昼の表情だろう。

周の贈ったくまのぬいぐるみを膝の上に置いた真昼は、カメラを見ずに伏し目がちになっている。

ただ、あまり俯《うつむ》いていないので顔は隠れきっておらず、恥じらいの表情が写されていた。

頰に浮かぶ薔薇《ばら》色は、風呂上がりのせいだけではないだろう。

恥じらいにも、悩ましげにも見える表情は、普段よりもぐっと色っぽく見える。

それでいて、膝の上に載って手を添えられているくまのぬいぐるみのせいで愛らしさも増しているのだから、写真だけだというのに頰が内側から熱くなってしまう。

(――あんの、ばか)

こんな写真を送ってきてどうするつもりなのだ。

何故寝る前の周に見せたのか。こんなものを見せられて、何事もなかったかのように寝れる訳がないだろう。

「なにスマホ見て顔赤くしてるんだ。いかがわしい画像でも見てるのか?」

「んな訳がないだろうが!」

「じゃあ何見てるんだよ」

ひょい、と覗かれて、隠す暇もなく樹の瞳《ひとみ》がスマホに表示されたメッセージを映して、そ

れからにんまりと笑みを浮かべる。

「なるほどなるほど。周君はうぶですなあ」

「永久に眠ってろ」

「暗に死ねって言ってない？」

「直接言おうか？」

「つれないですなあー。いやいや、でもまああの天使様のこんな格好見せられたら、男ならグッと来るよなあ。いやちぃが一番だけど」

「のろけてろ馬鹿野郎」

ったく、と掌で髪をかきあげてため息をついたところで、かしゃりとシャッターの下りる音がした。

「……樹」

「いや、ちぃの方から周のも記念に撮っとこうぜってきたから。別に野郎の写真なんだからいいよな？」

「いいけど俺を撮って何の意味があるんだよ……」

「別に他人に流出させる訳ではないから安心しろ。あと意味はある」

何の意味があるのか全くわからない周が呆れたように樹を見ても、樹はただ満足したように笑うだけだ。

自分を撮ってもどうしようもないだろ、と小さくぼやきながら大きく息を吐き出した周に、樹は「何でこいつこんなに自分に無頓着《むとんちゃく》なんだか」と周よりも小さい声で呟いた。

「……つっかれた……」

樹と千歳のお泊まりが終了して、周と真昼は二人でソファに座り込む。

一応三日目の今日で周宅でのお泊まりは終了で、あと一日二日は千歳の家に泊まるらしい。数日なら千歳の両親も歓迎するだろう（毎日居てくれてもいいらしいが、流石に遠慮したらしい）。

真昼手製の昼ご飯を食べて「邪魔したな、後はお二人で仲良く」とにこにことした笑顔で言い残して去っていった。都合のいい妄想をされている気がしたが、突っ込むのも面倒なので放置した。

「真昼は疲れてないか？」

「……疲れて、というか大変でした。でも楽しかったですよ」

「そうか」

少なくとも周が知り合ってから今まで真昼が友人を家に招いたような素振《そぶ》りはなかったので、千歳がきっかけになってくれたのはよかったと思う。

千歳とも周が知らないところで会ったり時折遊んでいるようなので、親しい友人が出来たなら良いことだろう。

「……まあ、その、急に写真を撮り出した事にびっくりしましたけど……」

「あ、ああ、あれか」

写真、と聞いて昨日の清楚ながら艶っぽい姿を思い出して、自然と頬が赤くなる。

別に大きな露出があった訳ではないのだが、やはりネグリジェは薄着なので柔らかな起伏が浮き彫りになっていたりと非常に目の毒だった。むしろ露出がない方が色っぽさが増していた。男のサガでうっかり保存してフォルダに入れてしまったものの、めちゃくちゃ罪悪感がある。

「昨日は『かわいー！』と言いながらたくさん撮ってて何を送ったのか知らないんですけど、何を送られたのですか？　押されて許可は出しましたけど、あんまり恥ずかしい画像だと困るのですが……」

千歳は送った写真を見せていないようだ。

恐らくベストショットをこっちに送ったのだろうが、本人はあんな表情をしていた事に、それを撮られた事に気付いているのだろうか。

流石に、本人にあの画像を見せたらどんな反応がくるのか予想出来ない。

決して恥ずかしい格好をしている訳でも服が乱れている訳でもないのだが、なんというかあの画像は破壊力が高すぎる。

「え、ええと、だな、くまを膝に載せた画像だな」

「……く、くまさんをですか……？」

「大切にしてくれてるんだなあ、と」

嘘《うそ》は言っていない。

ただ、罪悪感がひどいので、フォルダの奥底に封印しようと思う。消さないのは微妙な男心ゆえである。

くま、と聞いた真昼は、何となく思い出したらしく小さく微笑んだ。

「……大切にするって言いましたし、大切なものですから」

慈しむような、懐かしむような、そんな柔らかくて温かな眼差《まなざ》しと微笑みに、息が詰まった。

普段の天使の笑みとは違う、あどけなさと包み込むような慈愛が入り交じった微笑みは、思わず見とれてしまうほどに繊細で美しい。

ただ、美しいだけではなく、思わず抱き締めたくなるようないじらしさをふくんでいた。

「……っあー、うん、その、なんだ。結構気に入ってるんだな」

「そりゃあもちろん、周くんが選んでくれたものですから」

若干どもりながらも言葉を紡《つむ》げば、健気《けなげ》な事を微笑みながら返してくれる。

「心配しなくても、大切にしてますよ。毎日手入れして撫《な》でてますし、抱き締めて一緒に寝て……今のなし、なかった事にしてください」

手入れして撫でて、まではよかったのだ。

ただそこから続いたのは、耳を疑うような可愛らしい行為だった。

抱き締めて一緒に寝る。

あの真昼が、くまのぬいぐるみを抱えて寝る。

真昼の寝顔を見た事があるが、まさに天使のような寝顔だった。

あの寝顔で、ぬいぐるみを愛おしそうに抱き締めて寝ている。美少女が、くまのぬいぐるみと一緒に寝る。

想像すると、ものすごく可愛らしく眺めていたくなるような光景が脳裏《のうり》に広がって、顔が赤くなる。

真昼は真昼で自分で言った事に赤面しており、涙目でこちらの腕にすがりついてくる。

「わ、忘れてください」

「い、いや、無理だし」

「私が困りますっ」

どうやら知られたのがかなり恥ずかしかったのか、耳まで真っ赤《まっか》に染めた真昼は涙にほんのり彩《いろど》られた瞳で周を見上げていた。

その表情の方が破壊力が高いのだが、真昼本人は知るよしもないだろう。

「そ、そんなに恥ずかしいか？　別に困らないだろ」

「こ、子供みたいじゃないですか、ぬいぐるみと一緒に寝るって」

「い、いや、想像したらすごく可愛かったから全然アリだと思う」

「……想像しないでください」

今度こそ真昼は恥ずかしくて周を直視出来なくなったらしく、お気に入りのクッションに顔を埋めて黙り込んでしまった。

その姿すら可愛いと思ってしまう自分が色々と不味《まず》いとは分かっていたが、つい、愛《め》でたくなった。

手を伸ばして頭を撫でられたならよかったのだが、流石に今は逆効果だろうし本人も許さないだろう。

疼《うず》いた手を抑えつつ真昼を眺めていれば、しばらくしてクッションからちらりと瞳を覗かせる。

散々恥じらったせいでかなりの涙目に真っ赤な顔だったが、元気なのかほんのりと恨みがましげな眼差しを投げられた。

「……周くんも恥ずかしい事を暴露すべきです。私ばかり不公平です」

「ええ……？」

自爆しただけのように思えるが、確かに周にも責任がない、とは言えない。

ただ、恥ずかしい事を暴露しろといっても、大して思い当たる事がなかった。

「教えてくれないなら赤澤《あかざわ》さんにメッセージ送って聞きます」

「いつの間に樹と連絡先の交換を……」

「実は千歳さんから教えてもらってやり取りしました。昨日だってしゃし、……やっぱり何でもないです……もういいです……」

途中で言葉を切って、またクッションに顔を埋めていた。

よく分からないが自爆したらしい真昼に、周は困惑するしかなかった。

第９話　天使様の異変と真実

春休みというのは、特にこれといった趣味を持ち合わせていない人間にとってはかなり暇な期間である。

別に周《あまね》も趣味がない訳ではないのだが、本を読んだり散歩に行ったりというもので、クラスメイトには渋い趣味だなと苦笑された事がある。

そういった趣味のため、アウトドアに出かけたり何かレジャー施設に行ったりという事を進んではしない。誘われない限り出かけてもランニングか散歩、食材の買い出しといった事くらいなのだ。

樹《いつき》には高校生なのに青春を謳歌《おうか》しなくてもいいのかと呆《あき》れられたが、別にある程度健康に気を使って運動しているのだからいいだろうと思っていた。

真昼《まひる》も基本的にはあまりどこかに出かける様子はない。

もちろん運動しているのは見かけるし、必要なものを買い出しているのは見るが、どこか遊びに行くというのはあまりなかった。

「どこか遊びに行きたいとかないのか？」

自分も人の事が言えないが、華の女子高生がそれでいいのだろうか……と夕食後の真昼に聞いてみると、しばし悩んだあと苦笑される。

「遊びに行きたい……とかは、今のところないですね。私インドア派ですし」

「まあ俺《おれ》もそうなんだよなあ。別に出掛けたところでって気分だ」

「……志保子《しほこ》さん達の所に帰ったりとかは？」

「正月会ったしいいだろ、と。夏には帰るし。あと、真昼の料理食えないってのは味気ないからな」

「……そ、そうですか」

最早《もはや》真昼の料理を食べないとしっくりこないくらいには馴染《なじ》んでいるし、毎日食べたいという気持ちの方が強い。何だかんだ真昼が隣に居る事にも慣れてきて居るのが当たり前になってしまった、というのもある。

やはり可愛《かわい》らしさやいじらしさ、健気《けなげ》さに意識してしまう事は多々あるが、側《そば》に居て落ち着くのだ。真昼の醸《かも》し出《だ》す空気が周の性《しょう》にあっていた、という事だろう。

「ま、帰ったとしてもどこかしら連れ回されて疲れそうだしなあ」

「……連れ回される？」

「行楽地とかショッピングとか。予定がなかったらどこかしら連れていかれる。中学時代は冬期休暇に温泉旅行とかもあったかな」

志保子はインドア派でもありアウトドア派でもある、というより全部に精力的で何でも楽しくこなすタイプだ。

それに家族との時間を大切にする人間でもあり、先約があったり周が嫌がったりしない限りはどこかに連れていこうとする。選ばせてくれるのは良心的だが、承諾してしまえば振り回される。

遊園地やショッピングモールなどは可愛《かわい》いものだが、沢下りやらサバゲーやら、ものはチャレンジだと同伴で参加させてくるので、大変だった。あの細い体のどこにあんな力が宿ってるのか不思議でならなかった。

お陰で色々と学べたり体もそれなりに鍛えられたりはしたのだが、その反動で自分でするのは大人しい趣味になったのは否《いな》めない。

「……楽しそうですね」

「それが連日になると疲れるぞ。あのテンションに付き合わされて疲弊《ひへい》して新学期を迎えるんだ」

「ふふ、想像出来ます」

「お前もうちに来たら分かるぞ。むしろお前が居たら関心がお前に行く」

「そ、それはまあ……」

仮に真昼が来たのなら、志保子は喜んで彼女と出かけるだろう。

流石《さすが》に危ないような事はさせないだろうが、確実に買い物やレジャー施設に連れ回す。娘が欲しかったらしい母親は、年頃《としごろ》の女の子、それも真昼が滞在するなら嬉々《きき》として構う筈《はず》だ。

「夏にでも来てみれば分かるから。多分めちゃくちゃ連れ回されたり着せ替え人形にされる」

「……夏」

「どうせ真昼連れてこいって言われそうだしなあ」

というか実際視線で圧力をかけられていたのだ。真昼を連れて来いと。

この分だと夏期休暇の時は恐らく志保子直々《じきじき》に誘いが彼女の元に届くのではないだろうか。

「あ、嫌なら全然断ってくれていいぞ」

「い、嫌だなんて！　嬉《うれ》しいです」

ぶんぶん、と首を振っているので、髪が波打ちシャンプーの香りが鼻をくすぐる。

「ん。まあ母さんに聞いとくよ、一応。多分喜んで迎え入れるけど」

「……ありがとうございます」

「むしろ被害分散でこっちがお礼言いたいくらいだよ」

「もう」

ぺし、と二の腕の辺りを掌《てのひら》で軽く叩《たた》かれた。

もちろん痛みなど全くなく、押された程度のものだったが、少し心臓に悪い。

小さなスキンシップを真昼から取ってくるようになった事についどきどきしてしまう。

「……周くん？」

「い、いや、別に、なんでも」

「何でもという割には視線泳いでますけど……」

「なんでもない。ああほら、スマホ何か受信してるぞ」

動揺した事を気取られたくなくて、話を逸らすためにも震えて通知のランプが光っているスマホを示す。

それに思考が切り替わったのか「なんでしょう」と不思議そうにスマホを手にとってアプリを開いた。

流石に内容を読むのは失礼というのと、今はあまり目を合わせたくないというのがあり、目をそらしていたが……ぽす、と音がして、視線が真昼に戻ってしまう。

どうかしたのかと真昼の顔を見て、それから固まった。

真昼は、スマホを膝《ひざ》の上に置いたクッションに落として、泣きそうな、迷子のような表情になっていた。

目に涙が溜《た》まっているとか口許《くちもと》が歪《ゆが》んでいるとか、そんな訳ではないのに……触れたら壊れてしまいそうな、そんな印象を抱かせる。

この表情を見たのは、いつだっただろうか。

そう、初めて話した時の表情によく似ていて――。

「……真昼？」

「いえ、何でもありません。気にしないでください」

周が何事かと聞く前に、強張《こわば》った声が返って来た。

「すみません、私そろそろ帰ります。明日は用事が出来たので、夕ご飯は無理そうです。ごめんなさい」

周に何か口を挟ませる隙《すき》もなく真昼は告げて、手早く荷物をまとめて去っていった。

手を伸ばしても、彼女はそれに気付かなかったのか、わざと無視したのか。伸ばした掌は、空気だけを摑《つか》む。

（……何で、急に）

確実に、トリガーは届いたメッセージだろう。

真昼にあんな表情をさせるなんて、周の知る限り一つしかない。

「……真昼の、両親」

真昼はあまり人に連絡先を教えていないらしく、極限られた人間のみしかメッセージアプリのＩＤを知らない。

周や志保子、千歳《ちとせ》に樹、口の堅いクラスの数人の女子までは知っていると聞いた事がある。

それ以外で知っているとなると、親くらいなものなのではないだろうか。

親から連絡が来たのだとしたら。

昨日までは何も言っていなかったのに、急に用事が出来たと言って逃げたのは、もしかしたら親と会うからではなかろうか。

両親と確執があるのは知っているからこそ、あんな表情になったのは両親に原因があるのではないかと推測出来る。

推測出来たところで、何も出来ないが。

「……真昼」

去り際に、くしゃりと顔を歪めたのが見えていた。見えていたのに、何も言ってあげられなかった。

どうしようも出来ずに、小さく今はここにいない少女の名を呼んで、先程まで彼女の膝に載せられていたクッションに拳《こぶし》を落とした。

その日は、天気が悪かった。

窓の外を見れば、どんよりと重い色の雲が空に敷き詰められていて、日の光は一筋も見えない。空から何か落ちてくるのなら、光よりも先に雫《しずく》だろう。

そのせいか、もう三月も後半だというのに肌寒い。

暖房を入れてソファに腰掛けるものの、なんというか落ち着かない。視線がつい真昼の部屋の方向を見てしまう。

恐らく、今日何かしら真昼の親が真昼に接触を図るのではないだろうか。

今日は夕飯を作らないと言っていたのは、恐らく会った後の感情を顔に出さないためなのではないか。

あんな傷付いたような表情をした真昼を思い出すだけで、胸の辺りがもやもやと澱《おり》が溜まったように不愉快な気分になる。

たまらず『もし何かあったら連絡してくれ』なんてメッセージを送ってしまうくらいには、心配だった。

そんな落ち着かない状態で部屋を見回していても仕方ないので、一旦《いったん》夕ご飯の確保にスーパーに向かった。

買い出しをする時も、どうしても頭にちらつくのは真昼の顔だ。あんな顔をさせる親と会うなんて、相当辛《つら》いのではないだろうか。

どこか怯《おび》えたようにも見えたあの表情に自然と唇に力がこもる。

不審者に見られないようにすぐに表情を戻したものの、どうしても気分は明るくならない。

買い物かごに惣菜を入れる手つきもやや乱暴になってしまって微妙に中身が暴《あば》れてしまい、ちょっと後悔した。

はあ、とため息をつきながら商品を精算して、ゆっくりと曇天の下帰って――そして、自分の家があるフロアにエレベーターで戻った時に、異変を感じた。

自宅に繋《つな》がる廊下に足を踏み出そうとして、止《や》めて陰に一度身を隠す。

真昼の部屋の玄関の前に、二人ほど人が立っていた。

一人は、見慣れた亜麻色の髪の少女、真昼だ。

そしてもう一人、こちらは見慣れない女性だった。

少し遠目に見た感じではあるが、かなりの美人といえる女性だ。

小柄な真昼と対峙《たいじ》しているからこそ分かるが、その女性は背が高い。真昼との差を考えて平均的な男子程度には背丈があった。

それでいて大柄に感じさせないのは、その女性のプロポーションが均整のとれたものだからだろう。体に合わせたパンツスーツからでも窺《うかが》える起伏に富んだ体つきは、女性の理想体型の一つと言える程にバランスが整っている。

セミロングの明るい茶髪をゆったりと肩に流した姿は、貫禄があった。

しっかりとアイラインの引かれた瞳《ひとみ》は化粧を抜きにしても気の強さを主張していて、真昼と対峙していても眼差《まなざ》しの鋭さが和らぐ気配はない。

かなりの美人ではあるが、あまりにも顔立ちも雰囲気も鮮烈で、どこか近寄りがたい、そんな印象だ。いかにもやり手の女性といった雰囲気を醸し出している。

真昼を清楚《せいそ》な百合《ゆり》と例えるなら、彼女は鮮烈で華美な薔薇《ばら》、と言えるくらいに、雰囲気や見た目の質が違う女性だった。

「ほんと、可愛げのない子ね。あの人によく似てるわ。煩《わずら》わしい事この上ない」

そんな声が紅の引かれた唇から漏《も》れて、周は目をみはった。

真昼と話しているという状態から彼女の母親だとは察していたものの、母親の口が侮蔑《ぶべつ》にも近い響きの言葉を実の娘に向けた、という事実に愕然《がくぜん》としていた。

あれは、実の親が娘に向けていい言葉でも表情でもない。

あんな態度を実の親から取られたら、誰《だれ》だって傷つくに決まっているだろう。これを、真昼は我慢してきたのか。

「せめて私に似たならまだよかったものを……あの人に似てしまったから。まあいいわ、大学を卒業すればほぼ無関係になるのだから、気にしても仕方ないし。必要な書類については今まで通り郵送でいいわ」

「……はい」

「じゃあね。今後余計な事で煩わせないで頂戴ね」

か細い声で返事した真昼に鼻を鳴らして、踵《きびす》を返した。

エレベーターホールに向かってくるので、微妙に気まずさを覚えつつも周も廊下に出る。

すれ違い様に彼女はちらりとこちらを見たものの、何も言わずに去っていった。

立ち止まっていた真昼は、周の姿を認めてくしゃりと顔を歪めた。

「……聞いてたんですか」

「ごめん」

嘘《うそ》はつけず、素直に謝った。

盗み聞きをするつもりはなかったが、あのタイミングで出る訳にもいかなかった。

それに、今の真昼を放っておけなかった。

「その、あの人は」

「……椎名小夜《しいなさよ》。私の実の母親です」

最近は柔らかい表情が多かったが、今の真昼は出会った当初よりもずっと硬質な雰囲気で、しゃべる度《たび》にぎしりと軋《きし》んだような音がしそうな程にぎこちない。

「先に言っておきますけど、昔からあんな風でしたから、慣れてますよ」

周が真昼の母親に言及する前に、真昼は静かな声で告げる。

「元々、私も母に嫌われていましたし、今更って感じですのでお気遣いなく」

声音《こわね》は淡々として抑揚《よくよう》がないもの。

それが強がりだと言い切れるくらいには、周は真昼を見てきたし側《そば》に居たつもりだった。

苦しい、痛い、辛い――そんな感情を押し隠している事なんて、すぐに分かる。

静かに部屋に戻ろうとした真昼の手を掴んでしまったのは、無意識なものだ。

ただ、おそらくその無意識は正しい。

このままだと、真昼は良くない方向に思考を持っていきそうだから。

きょとん、とした後にほんのりと弱々しい笑顔を浮かべて周の手を優しく振りほどこうとした真昼に、周は離すものかとしっかりと手を握る。

締め付けないように、それでいて強く握った手首は、驚くほど頼りなかった。

「一緒に居ろ」

周が普段真昼には向けない強い言葉で告げると、真昼はくしゃりと顔を歪《ゆが》めて、困ったように微笑《ほほえ》んだ。

「……別に、平気ですよ？　周くんが心配しなくても」

「俺が一緒に居たいから言ってるんだよ」

我ながら俺様のような発言だと思ったが、発言を引っ込めるつもりは更々なかった。

まっすぐに真昼を見つめると、真昼は弱りきったような笑顔を浮かべて、それから抵抗の力を抜いた。

それを承諾だと強引に受け取った周は、真昼の手を引いて自宅に入った。

真昼を家に招いて、ソファに座らせる。

弱々しい笑みを浮かべる真昼は風に吹かれれば溶けて消えそうで、真昼の手を握ったまま腰を下ろした周は包み込むように手首から掌《てのひら》へと握る場所を移動させた。

ゆっくりと握ると、へにゃりと眉《まゆ》が下がった。

「……つまらない話ですけど、聞いてくれますか」

真昼の方からそう切り出したのは、周の部屋について十分ほど経《た》った頃だった。

「私の両親は、愛しあって結婚した訳じゃないです。細かい事情は伏せますけど、家庭の事情と利害の一致で結婚しただけでした」

真昼は静かに話しているが、現代日本ではあまり見られないような結婚理由だろう。

普通ならば好きで結婚するのであり、利害の一致で結婚するというのはあり得なくもないがもう少し昔の話だと思っていた。

彼女は恐らく上流階級の人間だろうから、その親は当然上流階級の人間。そういう理由であるのもなきにしもあらずなのだろうが……それでも、周には信じがたいものだった。

「だから……本当は、子供なんて作るつもりはなかったみたいです。ただ、一夜の過ちで出来てしまった。産んでしまったから、仕方なく金銭的に養っているだけ。私を育てるつもりなんてなかったんでしょうね」

「育てるつもりがなかったって、」

「……あの人たちは、滅多《めった》に帰ってきませんでした。帰ってきても宿泊施設として使ってるだけですから」

幼い頃からあんまり両親の顔とか見てないんですよね、と小さくこぼした真昼は、憔悴《しょうすい》しているようにも見える。

「親らしい事はされた覚えがありません。私の育ての親は実質ハウスキーパーの人です。母は外に愛人作ってそっちに入り浸り、父は私には目もくれず仕事にかかりきり。もしかしたら父も愛人がいるかもしれませんね。……私にはお金だけ渡して放ってるんですよ。私は要らないんですって。どれだけ頑張っても、いい子でいても、見てくれませんでしたから」

そこで、真昼がどうして天使様《いいこ》として振る舞うのか、ようやく真に理解した。

真昼は、両親に少しでも自分の事を見てもらいたかったのだ。

いい子にしていれば自分に目を留めてくれるかもしれない、褒《ほ》めてくれるかもしれない

──そんな淡い期待を抱いて振る舞い続けて、止め時を失って今に至った。

今でも止めないのは、本当に少しの可能性にかけてなのか、それとも内側にある自分に触れてほしくなくて仮面を被《かぶ》らざるを得なくなったのか。

どちらかは分からなかったが、少なくとも望んで着けている訳ではないだろう。

「結局、私なんて見てくれないんです。綺麗《きれい》に育っても、勉強が出来ても、運動が出来ても、家事が出来ても、あの人達は一度も私を見てくれた事はないのです。……頑張っても無駄なのに頑張ってしまった私は、きっと馬鹿《ばか》なのでしょう」

報《むく》われないのにね、と。

諦念で満たされた嘆きに、胸が締め付けられた。

「私が居るから、あの人達は離婚出来ない。どちらも引き取りたがらないんです。愛人の家族に気を使わせる、仕事の邪魔になる。祖父母には期待出来ない。だから、私が大学を出るまで

待ってるんですよ。一人立ちさえしてしまえば、あとはほとんど関係ないですし」

「それは……」

「……母に要らない子って、直接言われた時は……流石《さすが》にショックでしたね。思わず雨の中ブランコを漕《こ》ぐぐらいには自暴自棄になりました」

その言葉に、数ヶ月越しにあの時どうして真昼が雨の中公園に居たのか、理解した。

あれは、親に心ない言葉を突きつけられて、傷付いてさまよってたどり着いたところだったのだ。

居場所がない、そう認識したからこそ、あんな――迷子のような、幼くて不安げな表情をしていたのだろう。

誰にも助けを求められず、突き付けられた言葉を飲み込《こ》みきれず、ただどうしていいのか分からなくて、あの場所にたどり着いて一人佇《たたず》んでいた。

それを想像したところで、口の中に僅《わず》かに鉄の味が広がった。

どうやら無意識の内に唇を噛《か》みきっていたらしく、小さな痛みと独特の風味が口の中にある。

あまりに理不尽な事に、知らず知らず怒りが溜まっていたのだろう。

「……困るなら、産まなければよかったのにね」

本当に小さな囁《ささや》きは、聞いているだけで胸に杭《くい》を打ち込んだかのように痛みを突きつけて、全《すべ》ての動きを止めさせた。

ここまで、真昼に言わせている真昼の実の両親に頭が真っ白になるくらいの怒りを覚えてしまう。

両親からの愛情を一つも受けてこなかったからこそ、こんなにも繊細で、それを人に見せられない女の子に育ってしまったのだ。表面上強く振る舞って、内側で泣き続けた結果、真昼は誰にも助けを求められなくなった。

いい子の仮面を剝《は》ぎ取ってしまえば、ささやかな風でも崩れて消えそうなくらいに儚《はかな》い姿が現れる。

(どうしてここまで追い詰める事が出来るのか)

声を荒げて問いたかったが、真昼を見捨てた本人達は、ここには居ない。

それに、どうしていいのか分からない。

あまりの家庭環境のひどさに憤《いきどお》っているが、周は真昼とは他人だ。

真昼の家庭事情に他人が首を突っ込んでいいとは思わない。余計に状況を悪化させる可能性もある。無闇《むやみ》に口出しして、更に真昼が傷付く可能性を考えたら、周には何も出来やしないのだ。

ただ、このまま放っておいたら空気に溶けるように消えてしまいそうで――周は、側にあったブランケットを真昼の頭からかける。

顔まで影が差すように隠して、それから戸惑う真昼を腕の中に収めた。

初めて自ら抱き締めた体は、とても華奢《きゃしゃ》で頼りない。少しでも無理に力を込めてしまえば、容易《たやす》く折れそうなほど。

誰にも寄りかからずに耐えてきた体をしっかりと抱き寄せて、周は真昼を包み込む。

「え、あ、あまねくん……？」

「……何でさ、お前がこういう性格に育ったか、理由分かった気がする」

「可愛げないってところですか」

「ちげえよ。……我慢強くて、他人に弱いところを見せたくないってところだ」

我慢せざるを得なかったのだ。一度弱音を吐き出してしまえば、確実に折れてしまうから。

お手伝いさんは真昼を大切にしてくれていたようだが、それでもあくまで雇われていた他人で、真昼を助けてくれる人ではなかった。

誰にも助けを求められない状況で、彼女は一人耐え続けたから、こんなにも自分を偽《いつわ》るのがうまくなってしまったのだろう。

「……別にさ、俺はお前の家庭に口出しするつもりはないよ。他人の家庭に首突っ込む訳にいかないし」

周は、他人だ。家族というデリケートなものに触れる訳にはいかない。

けれど、それと真昼を支えないという事は同意義ではないのだ。

「……見て見ぬ振りしてやる。泣くなら泣けよ、んなひどい面してるのに我慢したって、息が詰まるだけだろ」

本当は、泣かせたくはない。

けれど、このまま溜め続けていれば、いつか彼女は壊れてしまう。

だから、泣いてほしかった。我慢したもの全て吐き出してほしかった。

苦しいならば苦しいと言ってほしい、寂《さび》しいなら寂しいと言ってほしい。そうしたら、周は彼女の側に居て聞くことができるのだから。

彼女の置かれた状況はどうしようもなくても、周は真昼の苦しみを受け止めるくらい、出来るのだ。

おこがましいとかそんな事もちらりと頭の隅を掠《かす》めたが、真昼が周の腕の中でもぞりと動き、周の胸に自ら顔を埋めたので、それも全て消えていった。

「……ないしょにしてくれますか」

「見てないから知らん」

「……じゃあ、ちょっとだけ……貸してください」

震える声で小さく呟《つぶや》いた彼女に周は返事をせず、ただ頭からかけたブランケットをもう一度深くかけさせて、頼りない背中をしっかりと抱き締めた。

やがて、小さな嗚咽《おえつ》が聞こえ始める。

大きくはない、けれど確かに聞こえる泣き声は、真昼から漏れてくるもの。

いつでも嘆かずに一人で耐えていた真昼が初めて周に求めた『支えて』という願いに、周も少しだけ泣きそうになりながら真昼の小さな背中を抱き締めた。


「……見てるじゃないですか」

彼女は長くは泣かなかった。

時間は数えていないが、十分あるかないか程度。

十六年分の苦しみを吐き出してくれてもよかったのだが、あまり泣きすぎても疲れてしまうので体が強制的に止めたのかもしれない。精神疲労に加えて肉体疲労まで得てしまったら、恐らく脳が強制的に休眠モードに移行するだろうから。

顔を上げた真昼の瞳は濡《ぬ》れていたが、少しだけ元気を取り戻したのか周を見る瞳はしっかりとしたものだ。

「俺の胸にもたれてたんだから仕方ないだろ。泣くところまでは見ないようにしてやった」

いつの間にかずり落ちたブランケットを引っ張って見せれば、小さな笑みが浮かんだ。

「……あまねくん」

「なんだよ」

「……ありがとうございます」

「何の事だか分からん」

こっちが好きでやってるんだから感謝される覚えはない、とそっぽを向けば、真昼はまた周の胸に顔を埋めた。

「もう少しだけ、貸してください」

「……おう」

この状態の真昼を突き放せる訳もない。それに、支えてやりたかった。

平静を装いながら小さな体を抱き締め直して、ゆっくりと頭を撫《な》でる。

誰も真昼を褒めないのなら、周が褒めてやればいいのだ。

よく頑張った、もう自分の前で無理に頑張る必要はないんだ、という気持ちを込めて優しく掌で撫でていると、真昼も落ち着いてきたのか不要な力が抜けた表情で周を見上げる。

ただ、それでも色々と不安や考え事があるのか、表情が明るくなったという訳ではない。

「……どうしたらいいんでしょうね、これから」

小さく呟いた真昼は、周の瞳を見ながら困ったように微笑んだ。

「頑張っても、見てくれないんですから。他の人だってそうです、天使様なんてもてはやされても、私が必要とされている訳じゃないんですよね。天使のようにふるまう椎名真昼が好まれていて、必要とされていて……本来の私は必要とされてないんです。自分でそう仕向けたのに苦しむなんて馬鹿らしい話ですけど」

自分で自分の首を絞めてるんですから、と苦笑して、きゅっと周の胸元《むなもと》の布を摑む。

「ほんとの私は、可愛げとかないし、臆病《おくびょう》で自分勝手だし、性格悪いし、口悪いし……好かれる要素なんて、ないですもの」

「俺は割と好きだぞ」

思わず、本音が口からこぼれた。

ぱちりと瞬きを繰り返す真昼を見つめて、続ける。

「まあ、可愛げない時はもちろんあるけどさ、それ以上に可愛いとか守ってあげたいとかそういうふうに思うし、お前のはっきりした物言いは好ましいと思ってるよ。あと、本当に性格悪いならそんな事で悩まねえよ」

後ろ向きすぎだ、と真昼のおでこを軽く弾くと、どこか呆《ほう》けたように真昼が表情から負の色を抜く。

周としては、なんで真昼がそこまで自分を悪《あ》し様《ざま》に言うのかちっとも理解出来なかった。

誰がどう見たって、彼女は努力家で心優しい少女だろう。多少言動が明け透けなところはあるが、指摘は正確だし人を想《おも》っての発言ばかりだ。

臆病と言ったが、別に悪い事でもない。傷付きすぎて、これ以上自分が傷を負うのが嫌で守りの態勢に入っているだけだろう。

あと、可愛げがないなら周は真昼にしょっちゅう悶《もだ》える羽目に陥《おちい》っていない。

むしろ素の時の方が可愛い事を自覚してほしいくらいである。

「そんな卑下《ひげ》すんなよ、お前の素見てもそれが好きってやつがここに居るだろ」

愛されない、と思い込んでいるからこそ自分自身に自信がないのだろうが、好ましく思っている人間なんて周だけでなくて周の周囲にも居るのだから、思い込みも甚《はなは》だしい。

千歳なんて素の真昼の方が可愛いとべたべたしているのだ。あれはどう考えてもうわべだけなんてあり得ない。

真昼のカラメル色の瞳をじっと見つめて言い聞かせたのだが、真昼は視線を逸らし始めた。

それどころか、目元のほんのりとした赤色に負けじと頰《ほお》まで赤くなっている。

すぐに薔薇色と言っていいくらいに色付いていて、これは羞恥《しゅうち》からくるものではないかと気付いた時には真昼は縮こまって瞳がこれでもかと忙《せわ》しなく泳いでいた。

真昼の様子から自分でもかなり際《きわ》どい発言をしていたのだと気付かされて、周まで顔が赤くなる。

「い、いや、千歳達もそう思ってるから！　決して、他意があった訳じゃなくてだな！　俺だけじゃない、母さん達も、千歳や樹も、お前の天使様でないところ見て気に入って付き合ってるんだから！　お前は自分が思うより、ずっと……その、好ましい人柄だと思うよ」

慌てて自分の発言を説明していると、真昼もようやく視線が周を捉《とら》える。

ただ、一瞬でも勘違いした事には変わりないのか真《ま》っ赤《か》な顔で震えているので、相当恥ずかしい思いをさせたらしい。周もかなり恥ずかしい思いをしたのだが、言われる身では更に恥ずかしいのかもしれない。

「その、頑張りきれなくなったり親とかがどうしても嫌になったらうちに避難とかしてくれていいし。母さん達は事情知ったら匿《かくま》うくらいするから。あれだ、療養みたいな感じでもいいからさ」

「……うん」

「母さん達は真昼の事気に入ってるからさ、ずっと居たっていいって言ってくれると思うしさ……むしろ真昼が幸せになるまで放してくれないと思う。俺達にはお前が親とどうするかなんて決められないけどさ、お前が踏ん切りつくまでいくらでも甘えさせるというか、支えるから」

「うん……」

一生懸命に誤解されないように説明していたら、また真昼が涙をこぼした。

「な、何でまた泣くんだよ」

「恵まれてるなあって……」

「むしろ恵まれなすぎだからもう少しわがまま言ってもいいんだぞ」

金銭面では恵まれているのかもしれないが、それ以外を彼女は与えられていなかったのだ。与えられるべき愛情を一つも受けずに、よくもここまでひねくれず育ったと感心するほどだ。

そんな真昼は、誰かに甘えてもいいのだ。わがままだって言えばいい。誰も聞き入れなかった分、少しでも取り返してやれたらと思う。

「……じゃあ、お願いしてもいいですか？」

「何だ？」

俺に叶《かな》えられるなら、という前提を付け足すと、真昼は小さく笑って「周くんにしか出来ない事です」と囁《ささや》く。

「もっと、見ていてください」

「お前の頑張りはちゃんと見てるし、目を離したらどっか飛んでいきそうだから見てるよ」

「……捕まえておいてください」

「手でも握っておくよ」

これだけか？　と真昼の顔を覗《のぞ》き込むと、真昼はしばらく周を見つめて、それからはにかんでみせた。

「今日のところは、全身で捕まえておいてください」

そう言って周の背中に手を回して胸に顔を埋めた真昼に、周は一瞬どきりとしたものの不埒《ふらち》な思いを抱いては駄目だろうと飲み込んで、華奢な体を改めて包み込んだ。

第10話 天使様の変化

翌日も真昼《まひる》はおかしかった。

正しく言えば昨日の萎《しお》れたような姿ではないし表情が苦しそうという訳でもないのだが、なんというか警戒心にも似た表情の固さを感じる。

リビングのソファで隣に座っているだけだというのに、ぴりりと張り詰めたような空気をまとっている気がした。

かといってこちらを疎《うと》んじているといった雰囲気ではなく、どちらかといえばこちらに神経を集中させている、といったところだろう。

試しに視線を向けてみればすぐさまびくりと体を震わせてクッションをぎゅっと抱き締めるし、逆に目を離せばこちらに視線を向けてくるのが手にしているスマホの反射で分かる。

何故《なぜ》こんな風に意識されているのかと考えて――恐らく昨日の事があったからだろう、とすぐに結論が出た。

（……気まずいのだろうか）

昨日はいつも気丈だった真昼が甘えてくれたのだが、よく考えれば慰めるためとはいえ女性を抱き締めるのは問題だったかもしれない。最後くっついてきたのは弱っているからこその行動であり、我に返って後悔していた、というのもあり得る。

最近は細《こま》やかなスキンシップならするようになってきたが、あんな大胆に身を寄せたのは初めてだ。彼女が後から戸惑うのも仕方がない。

(嫌われたとかそういうのではなさそうだけど)

嫌っていたならそもそもここに来ないし隣には座らないだろう。

試しに手を真昼に伸ばして見ると分かりやすく体を揺らしたので、意識しているのは確かだ。

「……近付かない方がいい？」

「ち、違います、そんな事はっ」

落ち着くまでしばらく距離を取った方がいいだろうか、と提案したのだが、真昼は慌てて首を振る。

「こ、これはその……情けない姿を見られてしまった事を恥じているだけです。大泣きしましたし……」

「ああ……なるほど」

泣いた事が恥ずかしくて顔を合わせられなかったらしい。

あの後氷《しゅうち》で目を冷やさせたので目元に腫《は》れは残っていないが、泣いた事実は変わらないのでそこが羞恥のポイントなのだろう。

「別に、俺《おれ》は気にしてないから」

「私が気にするのです。泣き顔を見せるなんて一生の不覚です」

「そこまで言うのか……あのな、そういう事を言ってるからお前は溜《た》め込《こ》んで爆発《ばくはつ》するんだばか」

お得意の強がりが発揮されそうだったので、周《あまね》はため息をつきつつ真昼の頬《ほお》に手を伸ばす。

過敏な反応をされる前に頬を摑《つか》んで軽く伸ばせば、非常に瑞々《みずみず》しく滑らかな手触りとふにふにと柔らかい感触が伝わってきた。

これに慌てたのは真昼で、急な接触に目を白黒とさせて、周を若干《じゃっかん》強い眼差《まなざ》しで見つめてくる。

「ひょっ、なにふるんれすか」

「発散しないとお前はどっかで爆発するからな。甘えてくればいいだろ別に。俺でいいなら頼ってくれればいいし、泣きたいならいつでも隠してやるし見ない振りをしてやる。少しは他人に甘える事を覚えろ」

昨日溜め込んでいたものを爆発させたのにまた溜め込み出しそうな真昼を咎《とが》めるように、うにうにと頬をつねってお仕置きしておく。

周が頼りないから頼れないというのであればその評価は甘んじて受け入れるが、そうでなければ頼ってほしいし、甘えてほしい。誰《だれ》にもすがり付く事の出来なかった彼女の拠《よ》り所《どころ》になれたら、と思うのだ。

「昨日は素直に頷《うなず》いたのに、何で逆戻りしてるんだよ。俺を頼ってくれたらいい。お前は一人じゃないんだから」

「……一人じゃない」

どこか呆《ほう》けたように反芻《はんすう》する真昼に頷《うなず》いて、くしゃりと頭を撫《な》でる。

「隣に居るだろ。あと呼べば千歳《ちとせ》と樹《いつき》は来てくれるし、母さん達も来る。それだけ真昼そのものを大切に思ってくれる人が居るんだから」

真昼は自分が必要とされなかったと嘆くが、それは昔の話であって、今は違う。

真昼を好きで助けたいと思っている人間はたくさんいる。彼女は自分がいかに大切にされているのか知るべきだ。

周の言葉にしばらく黙った真昼は、おずおずと周を見上げて確かめるような眼差しを向けてくる。

「……周くんも」

「ん？」

「周くんも、大切に思ってくれているのですか……？」

この問いかけに周は一瞬だけ息を詰まらせて、それから頬をかく。

「そりゃあ……こんなに一緒に居たら、大切になるに決まっているというか」

大切に思ってなければこんな事までしないだろう。

周は自分でも思っているがかなり淡白《たんぱく》な人間で、親しい人間以外にそう労力を割《さ》く事はないし、尽くす事もしない。代わりに、本当に大切な人間には必ず力になるつもりだし出来る限り助けになってやると決めていた。

真昼は、とっくの昔にその大切な人間の範疇《はんちゅう》に入っていた。

この華奢《きゃしゃ》な体が抱える重く辛《つら》い事情を少しでも楽にしてやりたいと思うし、苦しみを受け止めてあげたい。穏やかに笑っていてほしい。幸せになってほしいし――幸せにしてあげたい、とも思うのだ。

「……そう、ですか」

真昼は周の言葉にゆっくりと返して、クッションを抱えて顔を埋める。恐らく、真正面から肯定されて恥ずかしかったのだろう。

だがそれは周の方が強い。色々と自覚させられた上に正面から大切だと宣言したようなものなので、羞恥が押し寄せてくる。

(……真昼はそういう意味で取ってないだろうけどさ)

むしろ取られたら困る。弱っているところに付け入ったみたいで嫌であるし、気付かれると今後の生活が居たたまれなくなる事間違いない。

周の悶々《もんもん》とした様子には幸い気付いていなかったらしい真昼は、ゆっくりとクッションから顔を上げてこちらをちらりと見上げてくる。

「……周くん」

「どうした」

「そ、その、後ろ、向いてくれませんか」

「え？　なんで」

「い、いいから……」

急に後ろを向けと言われて混乱したものの、素直に真昼に背を向ける。

ソファの上であぐらをかく形で待機していると、背中に温《ぬく》もりと柔らかな感触がやってくる。

それだけでも充分硬直するに値する事件なのだが、ほっそりとした腕が周のお腹《なか》に回されて完全に固まった。

何をされているか、というのは分かる。真昼が背中にくっついているのだ。抱き付いていると言った方が正しい。これで正面からされていたら、周は完全に許容量を越えて頭と体両方フリーズしていたかもしれない。

「……っ、ま、真昼……？」

鼓動がいつにもなく早まっているのを自覚しつつもなんとか問いかけると、彼女は背中にくっついたまま軽く身じろぎする。

「……その、昨日は、ありがとうございました。改めて、お礼を言いたくて」

どうやらお礼を言いたかったらしい。絶対に振り返らないように強制的に顔を見えなくしているのだろうか。

「お、おう……」

「……いっぱい、いっぱい、周くんからもらいました」

「べ、別に大した事は、してない」

「周くんにとって大した事でなくても、私には大きな事なのです。……本当に、ありがとうございます」

「おう」

「……周くんが側《そば》に居てくれて、よかったです。一人だと、耐えきれなかったと、思うので」

「……そっか」

これは、真昼なりに甘えてくれているのかもしれない。

誰にも頼れなかった真昼が自分に寄りかかってくれる事が嬉《うれ》しくて、そして一人にするつもりもないという返答の意味も込めてそっと腹部に回された手に自分の掌《てのひら》を重ねると、分かりやすく真昼が体を揺らした。

調子に乗りすぎたかもしれない、と慌てて手を離せば真昼が「ち、違います、びっくりしただけで……」と背中に顔を埋めているからかややくぐもった声で弁明して、周の手を探すように手をさ迷わせる。

嫌がられている訳ではない事に安堵《あんど》しつつ真昼の手をもう一度握れば、今度は真昼からも握り返してくれた。

　これに驚いた周が体を揺らすと、真昼の頭が微妙に周の背中をぐりぐりと押してくる。

「……捕まえておいてくれるんじゃ、なかったのですか」

「お、俺でよければ」

「何故他人にさせる余地があると思うのですか。周くんにしかこんな事させませんし、しませんし」

　なんだかとても可愛《かわい》らしくいじらしい事を言われて周がまた固まると、真昼も後から自分の言った事を理解して恥ずかしくなったのか背中に頭突きされた。

　それでも離さない辺り真昼がいかに周を信頼してくれているのかを感じて、面映《おもは》ゆさと胸をかきむしりたくなるような羞恥を感じる。今頭突きしている真昼よりも確実に周の方が恥ずかしかった。

　真昼はしばらく額と背中のぶつかり稽古《けいこ》をしたところでようやく落ち着いてきたのか、周の手をあらためてきゅっと握る。

「……と、とにかく、約束通り……ちゃんと見ていてください。よ、よそ見もしないでくださ い」

「お、おう。でも今見えないんだけど」

「今見たら怒ります」

「すげえ理不尽。……見えないから安心しろ」

恐らく照れ隠しなんだろうと分かっているので、大人しく従っておく。見ようとしたら先ほどと同じように頭突きされそうなので、こうしてされるがままの方がいい。

それに、今顔を見られると困るのは周も同じだ。

（……こんなの、好きにならない方がおかしいだろ）

真昼の手を握っていない方の手で顔を覆《おお》うように掌で隠して、そっと息を吐いた。

「もうすぐ新学期ですね」

真昼が泣いた日から数日。

すっかりいつも通りになった真昼は、周の隣で参考書を読みながら思い出したように呟《つぶや》いた。

泣いた日の翌日のように変に意識される事はなく、あくまで自然体だ。妙にこちらをちらちら見てくる事もない。

ただ、真昼の家庭事情を知ったあの日より、距離は近いかもしれない。今は周が一緒に参考書を見ているせいもあるのだろうが、拳《こぶし》二つ三つくらいは空いていた距離が、今は互いの温もりを感じるほどに近い。

正直なところ、甘い匂《にお》いがふわふわ漂ってくるし寄り添っていて近いので温かいし、おまけにたまに柔らかいものがぶつかってくるので、結構ギリギリの体勢である。

「そうだな。この土日が終われば新学期だな。クラス替えがあるから憂鬱《ゆううつ》なんだよな」

「憂鬱……ですか?」

「俺は人付き合い悪いからさ、樹を抜くと男友達はゼロだぞ」

「それ胸張って言える事なんですか……」

「勘違いするなよ、普通に話す事は出来る。知り合い止まりになるだけだ」

微妙に呆《あき》れた眼差しを向けられたものの、別に極端なコミュ障ではない。話しかけられれば応対するし相手の話に合わせる事は出来る。

ただ、仲良くなるかは別であるし、周も自分の気質が陰よりなのも、目付きと口が悪いのも自覚しているので、中々友達は増えなかった。

ただ、別に一人でも平気な質であるので、樹とは離れたらそれはそれで仕方ないと割りきって一年過ごすつもりである。

「……周くんって自分から一歩踏み出しませんよね」

「う」

「周くんはいい人なのに、赤澤《あかざわ》さんと千歳さん以外が知らないというのは勿体《もったい》ないと思います。周くんの魅力は仲良くならないと真には分からないですから、まずは人を寄せ付けない空気を薄れさせるところから始めるべきです」

　みんなが知らないのが勿体ない、と呟いて周の前髪を持ち上げている真昼に、周は微妙な気恥ずかしさを感じて視線を逸らす。

「……別に、俺は不特定多数と仲良くなりたいとは思ってないし。親しくなるのは極限られた人間だけでいいと思ってるよ」

「どうしてそう思うのですか？」

「どうしてって……」

　そんなの、決まっている。

（──昔のように、裏切られたら怖いから）

　本当に信頼の出来る人だけ近くに居ればいいと、そう思ったから、周は今の立ち位置に居るのだ。

「……別に、いいだろ。俺はお前が居たらそれでいいし」

「へっ、え、あの」

「い、いや、お前だけじゃないぞ。樹とか千歳も含めて、仲のいい人が居てくれたらそれで満足してるって事だ。騒がしいの好きじゃないし」

　危うく多大な勘違いを招くような発言になってしまうところだった。勘違いではないが、真昼にとってはまだ勘違いという認識であってほしい。

周の慌てて付け足した言葉に真昼は安堵と困惑の混ざった表情でこちらを窺《うかが》ってくる。頬が赤らんでいるのは、勘違いしかけたという事だろう。

「……私も、周くんの支えになっていますか」

「むしろ大黒柱だろ色んな意味で」

「生活面が大半を占めてますよねその言い方」

もう、と咎《とが》めるような言い方だったが、声は柔らかいものだ。

仕方ない人です、といった眼差しを向けられたので、複雑な気持ちになりながらも受け流して頬をかく。

「そういや、お前はクラス替えどうなんだ。楽しみなのか」

今の内に話を逸らそうと元の話題に戻ると、真昼は大きく瞬きを繰り返したあと頬を緩《ゆる》めた。

「私はクラス替え、楽しみですよ」

「まあお前はどこに放り込まれても上手《うま》くやっていけるだろうけど」

「それだと楽しみにはならないと思いませんか」

「それはそうだな」

誰とでも仲良く出来るからといって楽しみに繋《つな》がる訳ではない。むしろ真昼の性格的にはそつなくこなしつつ辟易《へきえき》する方だろう。深く交遊を結んだ相手と一緒に居られるならそれに越した事はない。

その点では飾らない真昼を知っている千歳と一緒のクラスメイトになれる可能性もあるのだから、そちらを狙《ねら》っているのかもしれない。

「周くんは、何故私がクラス替えを楽しみにしているか、分かりますか?」

僅《わず》かにいたずらっぽい笑みを浮かべた真昼にどきりとしつつ、口許《くちもと》に手を当てて考える。

「……千歳と一緒のクラスになれる可能性があるから?」

「それもありますけど、解答としてははずれです。……周くんのばか」

急に可愛らしく罵倒されたものの、本気ではない事は分かる。

ただ、微妙に拗《す》ねたような響きに聞こえたので、取《と》り敢《あ》えずご機嫌《きげん》を取ろうと髪型を崩さないように頭を撫でたら「そういうところなんですよ」と愚痴《ぐち》めいた声を漏らされた。

「……周くんはずるいですよね」

「な、何が」

「分からなくて結構です。……新学期になったら覚えておいてくださいね」

何やら不穏な言葉を口にして周に身を預けるようにもたれてきた真昼に、周は急に跳ねた心臓の鼓動を真昼に隠す。

(……何するつもりなんだ、真昼は)

こう言った真昼は何かしらしそうで、来週の始業式にほんのりと波乱の予感を感じつつ、周は新学期も平穏なものでありますようにと願うのだった。

番外編

一人なんかじゃない

新学期前日、周《あまね》はソファにだらしなく寝そべりながらテレビのニュースを見て、欠伸《あくび》をしていた。

新学期も控えているというのに呑気《のんき》なのは、気候が落ち着いていて実に眠気を誘う気温だからと、どのクラスに配置されようと自分の立ち位置は変わらないという自負があるからだ。

欠伸で滲《にじ》んできた視界のままにテレビに視線をやれば、テレビの中で堅苦しい顔をしているアナウンサーは、桜の見頃《みごろ》について語っている。

今はどこが見頃でどのくらい人が来ているのかと満開の地域の中継を映していて、なんとも賑《にぎ》やかそうだ。

自分達が住む地域も満開に近いらしい。今年はいつもよりかなり開花が早かったらしく、新学期前に咲いているのだから驚きだ。といっても、自分の地元では咲いている頃合《ころあ》いなのでそこまで驚きでもないのだが。

（桜ねえ）

周はあまり四季折々の景色を楽しむ事はないのだが、風情《ふぜい》を知らない訳でもない。桜を愛《め》でる気持ちは持っているし、あの淡い色の花びらは好きだ。

そういえばそう遠くない河川敷に桜並木があったな、という事を思い出して、ゆっくりと起き上がる。

(流石《さすが》に春休み中ぐうたらしてたからなあ)

幾ら適度に筋トレや軽いジョギングをしていたとはいえ、それ以外ではあまり出歩かなかったのは事実だ。

インドア派な事も響いて基本的に家で真昼《まひる》と過ごしていたので、たまには出かけるのもいい事だろう。

ニュースに唆《そそのか》された形なのは癪《しゃく》であるが、こういったのは思い立ったが吉日なので気にせず行くしかない。そもそも、春休み最後で今日行かなかったら来週になるので、今日行くしかないのだが。

ソファから降りて、適当に外出着に着替える。例の男モードでないのは、自分一人だからだ。男一人なので用意も簡単だしサクサク着替えて財布とスマホを入れたバッグを手に、玄関を出たところで……ちょうど亜麻色が視界に入った。

「あれ、周くんどこ行くのですか?」

真昼は普段着なので、周の家に行こうとした矢先だったのだろう。今から出かける事が少し申し訳なくなった。

「真昼か。いや、普通に散歩に行こうかなって。春休み最後だし、今日くらいはなって」

「なるほど。春休みは周くん引きこもってましたからね」

「やかましい。……あー、数時間すれば帰ってくるから、俺《おれ》んちで寛ぐならそれでもいいけどどうする？」

周の家の方が真昼の家より娯楽はありそうなのでそれを楽しんでいてもいいのだが、自分の家の方が落ち着くというのもありうるので彼女に判断は任せるつもりだ。

真昼は、じーっとこちらを見上げている。まるでこちらに何か言う事があるんじゃないかと言わんばかりの視線に、周はどうしていいものかと頬《ほお》をかく。

瞳《ひとみ》には、期待がちらついている気がした。

「なんだ、もしかしてついてきたいのか？」

「……はい」

「えっ」

なんてな、と笑おうとしたところ頷《うなず》かれて、まさか肯定されるとは思わず上擦《うわず》った声が上がる。

「い、嫌ならいいのですけど」

「い、嫌とかじゃなくて……その、なんつーか、見付かったらまた噂《うわさ》になるけどいいのか」

「噂は噂ですので。外野には好きに言わせればよいのです」

「わ、分かった。お前も準備あるだろうし、一時間後に家を出ようか」

乗り気な真昼にやや困惑しつつ、真昼も暇なのだろうと納得して改めて待ち合わせする事にする。

真昼は普段着でややラフな服装をしていて、センスと服そのものがいいのでもちろん見苦しくはないが、女子的にはそのまま出かけるのを躊躇《ためら》うかもしれない。

周は周で真昼の隣を歩くなら相応の格好をしないと、二重の意味で彼女に迷惑をかける。

髪弄《いじ》らないとな、と前髪を触る周に、真昼も時間を設ける一番の理由に気付いたのかやや眉《まゆ》を下げた。

「す、すみません、私のせいで」

「いやいいよ。散歩も気分転換にいいだろ。真昼と一緒ならいつもと違う景色になりそうだし」

別に大した手間でもないし、一緒に過ごしてくれる相手に怒ったりはしない。

それに、桜の似合いそうな真昼が隣に居れば桜もより綺麗《きれい》に見えるんじゃないか……という細《ささ》やかな打算があったので、責めるつもりは微塵《みじん》もなかった。

「じゃあ、また後で」

「は、はい」

若干《じゃっかん》たじろいだような気配を見せた真昼の頭をポンと撫《な》でて、周は着替えて髪をセットすべく家に戻った。

小一時間で互いに準備が出来たので、周は着替えてきた真昼を伴ってゆるりとした散歩に出かけた。

隣を歩く少女に視線をやれば、相変わらずの美貌《びぼう》が目に入る。

彼女は春らしく、レースのあしらわれた白のワンピースに淡いピンクのカーディガンを羽《は》織《お》っている。ワンピースは膝《ひざ》よりやや上の、真昼にしては少し短めな丈ではあるが、ストッキングをはいているので素足が見える事はない。

ただ散歩に出かけるだけなのにわざわざ編み込みのハーフアップをしているのは、些細《ささい》なお出掛けでもお洒落《しゃれ》に余念のない真昼の拘《こだわ》りを窺《うかが》わせた。

「どうかしましたか？」

「いや、今日もお洒落だなと」

「……ありがとうございます」

照れたのかほんのりと頬を染めて瞳を伏せる姿はいかにも清楚《せいそ》な美少女といった佇《たたず》まいだ。

お陰《かげ》で、道を歩いているだけで視線を感じる。

「そ、そういえば、どこか行き先はあったのですか」

視線を感じている事は気にしていないらしい真昼は、どこか慌ててこちらを見上げてくる。

「んー、まあ河川敷に行って桜でも見ようかなと思ったんだよな。なんか例年より早く咲いてるらしくて見頃を迎えそうらしいぞ」

「……そうなんですか」

「だからまあ軽く眺めに行こうかなって。駄目だったか？」

「い、いえ、そんな事はないですよ。私はついていきますので」

どこかぎこちなさを覚えるが、服の裾《すそ》をきゅっと摘《つま》まれた事で些細《ささい》な事は頭から吹き飛んだ。

なんともいじらしい仕草と上目使いに、心臓が急に跳ねて息苦しさを感じてしまう。

（……いちいち可愛《かわい》いから本当に困る）

美少女だとは分かっているのだが、好ましく思っている女性だからその可愛らしさにも磨きがかかったように感じられた。真昼もこちらを信頼して自ら触れるようになったから、尚更《なおさら》。

動揺を表に出さないように押し留《とど》めつつ、周は一度真昼のか細い手を払って、彼女の手を摑《つか》む。

「ほら、行くぞ」

「は、はい」

休みだから人も多いしはぐれないようにするために手を取れば真昼が恥ずかしそうに視線を下げたので、周は漏れそうになる呻《うめ》き声を堪《こら》えつつ彼女の手をしっかりと握った。

周達が住むマンションから少し離れた河川敷までやってくると、やはりというか結構な人が居た。

学生は最後の休日であり、社会人もお花見にちょうどよい頃合いだ。ブルーシートを敷いて花見を楽しんでいる人も数多く、賑わっていた。

桜もほぼ花びらを広げていて、淡く柔らかな色を視界にちらつかせる。確かにこれなら花見にもよい開花具合だろう。

「……すごいな、思ったよりも壮観だ」

風に飛ばされてはらはらと舞い落ちる花びらを眺めつつ、呟《つぶや》く。

あまり花に興味がない周ではあるが、綺麗なものは好きだ。こうして視界を彩《いろど》る淡いピンクの花弁は、素直に美しいと思えた。

ほぅ……、と息を吐きながらちらりと真昼を見ると、真昼は無言で桜を見上げていた。

感嘆の色は、瞳からは見てとれない。それどころか何の感情も窺わせないぼんやりとした瞳を桜に向けている。視線を桜に向けているのかすら危うい。ただ、その景色を映しているだけのようにも思えた。

「真昼？」

異質な空気を感じ取って声をかけると、そこで真昼はぱちりと瞬きして驚いたようにこちらを見てきた。

「どうしたんだ、ぼんやりして」

「……い、いえ、何というか……桜だなあって」

「そりゃ桜だからな。……そうじゃなくて、なんかあったか？　様子がおかしかったというか、なんつーか、心配で」

普段とは雰囲気が違って戸惑ったという事を伝えると、真昼は困ったように眉を下げた。

「いえ、大した事ではないんです。……私、あんまり桜……というか春って好きじゃなかったんですよね」

「え、ごめん知らなくて。誘わない方がよかったな」

好きでないものを見させるために連れ出してしまった、と後悔したが、真昼にはゆるりと首を横に振られた。

「いえ、花そのものが嫌いとかそういったものではなくて……ただ、思い出がないなって痛感してしまって」

「思い出がない？」

「ええ、誰《だれ》も私の周りには居なかったので」

どこか寂寥《せきりょう》を伴った笑みに、真昼が何を思ったのかを何となく理解して、口に苦いものが滲《にじ》んだ。

真昼は辛《つら》そうというよりは困ったような、寂《さび》しそうな、そんな色を滲ませて淡く微笑《ほほえ》んでいる。痛みを通り越して諦念を抱いているようにすら見えた。

「入学式……卒業式もですけど、私は一人でした。小雪さんは午後からの契約でしたし、両親は仕事を優先しましたから」

一応父親はおめでとうくらいは言いましたけど、と小さく苦笑した真昼は、咲き誇る桜を見上げる。

「一人で帰るんです、入学式も、卒業式も。桜並木をみんな親と手を繋《つな》いでいたのに、私だけは、一人だったから。誰も私の手を握ってくれない。手を引いてくれない。一緒に歩いてくれない。一人で家に帰らなくてはならない。……だから、春はあまり好きじゃないです。思い出して、一人を痛感するので」

我ながら情けないですけど、と締めくくって俯《うつむ》いた真昼に、周は思わず繋いだ手を意識させるように少し強めに握った。

真昼の両親に言いたい事は幾らでもあったが、今はそれより真昼が感じている孤独感を取り払ってやりたかった。

「今手を引いてるし、隣に俺が居るから」

まっすぐにカラメル色の瞳を見つめて告げると、真昼は大きく瞬きをしたあとくしゃりと顔を歪《ゆが》めるように笑って「……そうですね」と小さく囁《ささや》く。

真昼の方からも存在を確かめるように握った手の力を強められたので、周は安心させるように柔らかく微笑んで空いたもう片方の手で真昼の頭をそっと撫でる。

「これでも足りないなら、千歳《ちとせ》と樹《いつき》呼ぶぞ。流石《さすが》にうちの父さん母さんは遠いから無理だけど、呼んだら確実に来るよなあ……」

「だ、大丈夫です、そこまでしなくても」

「そうか？　じゃあ俺で我慢してくれ」

「……我慢はしません」

「ごめん」

「違います、そうじゃなくて……その、妥協とかではないという意味で、です」

「そ、そうか」

妥協とかではない、そう言われると無性に恥ずかしくて頬に自然と熱がのぼってしまう。

いくら他意はないと言えど、隣に居る事を許してくれる、望んでくれる、手を取る事を許してくれると言われれば、動揺もするし喜びもする。

胸がざわついて顔が熱を帯び始めているのを感じながら、それでも彼女の手を握るのは止《や》めないでいると、真昼は表情を柔らかくして小さく笑った。

「……ちょっとだけ桜が好きになりました」

そうはにかんで桜を眺める真昼に、周は「そうか」と動揺を包み隠して返し、小さな掌を優しく包み直した。

あとがき

本書を手に取っていただきありがとうございます。

二巻なので恐らく一巻から続けて読んでいただいているとは思うのですが、改めまして。作者の佐伯《さえき》さんと申します。

お隣の天使様二巻、楽しんでいただけたでしょうか。


さて、本巻ですが、周に少しずつ心を許してきた真昼《まひる》の抱えている事情や気持ちの移り変わりをメインにほのぼのじれじれ時々シリアスやっぱりほのぼの的な物語を描きました。

明確に好きじゃないけど気になる、からこの人の事を好きになって行くのを自覚して恥ずかしくなってるヒロインとか可愛いと思いませんか。可愛いだろ（親馬鹿）。

少しずつ思いを寄せていく二人を描く物語ですので、これからもじれじれもだもだ無意識いちゃいちゃが続く予定。乞うご期待。

恐らく次の巻あたりから大天使まひるんが小悪魔まひるんへとジョブチェンジするのではないでしょうか（適当）。


話は変わりますが、本巻からイラストをはねこと先生に担当していただく事になりました。

今までご尽力いただいた和武《かずたけ》先生には本当に感謝しております。

今回、はねこと先生のイラストをいただくたびにきゃわわ……と語彙力をなくしておりました。特典の話をしていいのか分かりませんが彼シャツのイラストとか最高ですね。体格差バンザイ。もちろんイラスト全部最高なんですけど。

挿絵のお姫様抱っこは体格差萌の民の佐伯大歓喜。手の大きさの違いとかたまらんですね。好きなところ全部言っていたら尺が足りなくなるので、名残惜しいですがこの辺りで。

これからも素敵なイラストで飾っていただけるとか幸せすぎてつらいです。ありがとうございますはねこと先生（深々と頭を下げる）。


それでは最後になりますが、お世話になった皆様にお礼を。

この作品を出版するにあたりご尽力いただきました担当編集様、ＧＡ文庫編集部の皆様、営業部の皆様、校正様、はねこと先生、印刷所の皆様、そして本書を手にとっていただいた皆様、誠にありがとうございます。

また次の巻でお会いしましょう。……出るよね？


最後まで読んでいただきありがとうございました！

ファンレター、作品の
ご感想をお待ちしています

〈あて先〉

〒106－0032
東京都港区六本木2－4－5
SBクリエイティブ（株）
GA文庫編集部 気付

「佐伯さん先生」係
「はねこと先生」係

本書に関するご意見・ご感想は
右のQRコードよりお寄せください。

※アクセスの際や登録時に発生する通信費等はご負担ください。

https://ga.sbcr.jp/

お隣の天使様にいつの間にか駄目人間にされていた件 2

発　行　　2020年4月30日　初版第一刷発行
　　　　　2023年3月14日　第十九刷発行

著　者　　佐伯さん

発行人　　小川　淳

発行所　　SBクリエイティブ株式会社
〒106－0032
東京都港区六本木2－4－5
電話　03－5549－1201
　　　03－5549－1167（編集）

装　丁　　AFTERGLOW

印刷・製本　中央精版印刷株式会社

ISBN978-4-8156-0327-4

Printed in Japan　　GA文庫

第16回 GA文庫大賞
GA文庫では10代~20代のライトノベル読者に向けた
魅力溢れるエンターテインメント作品を募集します！
物語が、華ひらく。
イラスト／風花風花
大賞賞金300万円+コミカライズ確約！
◆募集内容◆
広義のエンターテインメント小説（ファンタジー、ラブコメ、学園など）で、日本語で書かれた未発表のオリジナル作品を募集します。希望者全員に評価シートを送付します。
※入賞作は当社にて刊行いたします　詳しくは募集要項をご確認下さい
リニューアルで選考課程を一新!!!
応募の詳細はGA文庫公式ホームページにて
https://ga.sbcr.jp/